*Chère lectrice,*

Pour vous, c'est le plein été et encore les vacances (je vous le souhaite !). Mais nous, ici, nous ne prenons jamais de repos quand il s'agit de vous faire plaisir ! Alors, pendant que vous savourez soleil et farniente, nous travaillons à vous préparer une surprise pour la rentrée de septembre…

Evidemment, je ne vais pas tout dévoiler maintenant : ce serait vous priver du plaisir de la découverte. Patience, patience…

Quelques indices tout de même ? D'accord… Votre collection préférée aussi profite de l'été pour se refaire une beauté ! En septembre, vous la retrouverez relookée (mais toujours proche de vous), plus un petit changement de nom qui la définira mieux que jamais.

Alors, intriguée ?… Pour vous mettre l'eau à la bouche, courez lire le programme de septembre, à la fin d'un des romans : vous aurez un aperçu alléchant des histoires romanesques, passionnelles, tissées de séduction et de sentiments forts qui vous feront veiller jusque tard dans la nuit le mois prochain.

En attendant, prenez patience et optimisez l'été en dévorant vos romans du mois d'août. D'autant qu'il y a de la leçon de séduction dans l'air et que c'est bien de saison !

Bonne lecture et rendez-vous en septembre avec le nouveau visage de Rouge Passion !

*La Responsable de collection*

# Dans le lit du prince

BARBARA McCAULEY

# Dans le lit du prince

COLLECTION ROUGE PASSION

*éditions* **Harlequin**

Cet ouvrage a été publié en langue anglaise
sous le titre :
ROYALLY PREGNANT

Traduction française de
FLORENCE MOREAU

HARLEQUIN®

est une marque déposée du Groupe Harlequin
et Rouge Passion® est une marque déposée d'Harlequin S.A.

Originally published by Silhouette Books,
division of Harlequin Enterprises Ltd.
Toronto, Canada

# 1.

— Il faut absolument que l'on croie que c'est un accident !

Emily Bridgewater ne se retourna pas vers l'homme qui venait de prononcer ces paroles, mais sa dureté de ton la glaça. Dos bien droit, menton relevé, elle se trouvait au bord du promontoire. Elle jaugea un instant la mer agitée qui s'étendait en bas de la falaise, à ses pieds. Puis elle leva lentement les yeux vers le ciel où montaient des nuages noirs et menaçants… L'air de cette fin d'après-midi était rempli d'électricité et l'orage était imminent.

Les bateaux de pêche et de plaisance se pressaient de rentrer au port. Seul un insensé aurait osé braver l'océan quand le ciel virait au noir charbon, sur l'île de Penwyck.

La brise glacée gonflait le chemisier d'Emily. Et pourtant, le frisson qui la parcourut n'était pas dû à la bise, mais au désespoir qui la tenaillait.

Le crime ne payait jamais, pensa-t-elle amèrement.

Elle n'avait cessé de ressasser cette phrase durant ces trois derniers jours. Hélas, avait-elle le choix ? La réponse était définitivement non !

— Hé, est-ce que tu entends ? reprit l'homme à la voix brutale et nasillarde. Tu dois faire en sorte que l'on croie à un accident, compris ?

Cette fois-ci, Emily se retourna et jaugea son interlocuteur.

Il se faisait appeler Sutton mais elle doutait que ce fût son véritable nom. Il devait avoir au moins vingt ans de plus qu'elle, une petite quarantaine, donc. D'une taille impressionnante, il portait un jean noir et un T-shirt de même couleur. Ses boots étaient également en cuir noir. Son visage, dur et buriné, évoquait les falaises de l'île de Penwyck. Son expression, en revanche, exprimait la plus grande vacuité. Sur son avant-bras, il arborait un petit tatouage, représentant une affreuse dague noire.

De qui recevait-il ses ordres ? Emily l'ignorait, mais elle était certaine d'une chose : Sutton ne dirigeait pas l'opération. Ce n'était pas lui qui prenait les décisions. Il se contentait d'exécuter les ordres qu'on lui donnait, sans discuter.

Et il attendait qu'elle se comportât de la même façon !

— Je ferai ce que je peux, répondit-elle d'un ton défiant.

Un ton que Sutton n'apprécia pas. Un sourire mauvais déforma son visage et, en trois pas, il franchit la distance qui les séparait…

Elle manqua de tomber à la renverse sous le coup qu'il lui assena. Puis, l'attrapant par le col, il la fixa d'un œil torve. Elle se mordit la lèvre inférieure… Non, elle ne pleurerait pas devant lui ! Elle ne lui ferait pas ce plaisir, même si sa joue était en feu.

— Tu feras mieux que ton possible, décréta-t-il alors d'un ton menaçant.

Puis, resserrant son étreinte, il ajouta :

— Tu sais ce qui se passera si tu n'es pas à la hauteur de la tâche que nous attendons de toi, ma belle ? Tu le sais, n'est-ce pas ?

Le cœur d'Emily battait à cent à l'heure dans sa poitrine, et son tambourinement résonnait dans sa tête avec la même intensité que le mugissement des vagues, en bas de la falaise.

— Oui, murmura-t-elle au désespoir.

Sutton sortit alors une photo de sa poche et la lui brandit sous le nez.

— Regarde-la encore une fois afin de ne pas commettre d'impair ! ordonna-t-il.

Elle connaissait ce visage par cœur.

Pourtant, elle obéit à Sutton et observa de nouveau le cliché. Des cheveux bruns coupés court, des yeux d'un bleu profond, un air à la fois aristocratique et ténébreux. L'homme ne souriait pas devant l'objectif pour lequel il posait. Ses yeux, d'une beauté saisissante, reflétaient une grande intelligence, tout en laissant percer une certaine contrariété.

Mon Dieu, comment pourrait-elle jamais y arriver ? L'idée de flouer ce bel homme lui était insupportable. D'avance, elle s'en sentait incapable. Et pourtant…

Elle serra les dents et, d'une secousse, se dégagea de l'étreinte de Sutton. Sa joue la brûlait toujours terriblement. Elle lui assura néanmoins :

— Je ne commettrai pas d'erreur.

A cet instant, le téléphone portable attaché à la ceinture du détestable individu se mit à vibrer. Il lui tourna le dos pour prendre la communication. Après avoir attentivement écouté son interlocuteur, il replaça son téléphone dans son étui, puis décréta d'une voix glaçante :

— C'est l'heure !

Elle regarda la chaussée que bordaient de grands arbres. Dans quelques minutes, la voiture apparaîtrait au sommet de la côte, au détour du virage… Son estomac se contracta violemment.

« Je ne peux pas faire ça ! » pensa-t-elle, pétrie d'épouvante.

Sentant son hésitation, Sutton la saisit brutalement par le bras et la conduisit vers la bicyclette de location posée contre le tronc d'un peuplier.

— Et si les choses ne se passent pas comme on l'espère ? demanda-t-elle d'un air apeuré.

— Tu as intérêt à faire en sorte qu'elles se passent comme prévu, répondit-il sèchement. Allez, monte sur le vélo.

— Mais si je ne suis pas blessée, si je…

— Ferme-la !

Sans prévenir, il la gifla de nouveau. Sur la même joue. Un coup si fort qu'elle crut voir cent mille chandelles. Elle serait tombée par terre s'il ne l'avait pas maintenue d'une poigne de fer.

— Je ne veux plus entendre d'objections, c'est compris ? Monte sur ce fichu vélo !

Du revers de la main, elle essuya les larmes de douleur qui coulèrent malgré elle de ses yeux. Elle sentait encore les doigts de Sutton sur sa chair, comme une affreuse brûlure. Toute résistance était vaine. Telle une automate, elle monta sur la bicyclette qu'il lui présentait, plaça les mains sur le guidon, un pied sur une pédale, l'autre par terre, prête à s'élancer…

Elle venait d'entrer dans l'irréalité d'un cauchemar.

Soudain, elle perçut le vrombissement lointain d'un moteur, le crissement de pneus sur l'asphalte… Le souffle court, elle attendit que Sutton lui donne le signal fatal.

— C'est une sacrée petite effrontée, Votre Altesse royale. Une créature qui vous fait oublier tous vos soucis.

De la banquette arrière de la limousine, Dylan Penwyck jeta un œil amusé dans le rétroviseur et croisa le regard égrillard de son chauffeur, Liam McNeil.

Né en Irlande, Liam vivait sur l'île de Penwyck depuis l'âge de huit ans et cela faisait une vingtaine d'années qu'il était au service de la famille royale. Aussi connaissait-il Dylan depuis fort longtemps. Une amitié certaine unissait les deux hommes.

Âgé d'environ quarante ans, il avait un sourire de lutin et une carrure de bûcheron. Il incarnait le bon vivant par excellence.

— J'espère que ta mère n'est pas au courant de toutes tes aventures, répondit Dylan en fronçant légèrement les sourcils.

A ces mots, Liam éclata de rire.

— Bien au contraire, elle se régale de mes récits !

Voilà qui n'était pas le cas de sa mère, la reine Marissa ! pensa tendrement Dylan. Elle ne voulait rien savoir des histoires amoureuses de son fils. Tant qu'il ne s'agissait de rien de sérieux, bien sûr !

— Pourtant, ajouta Liam, mon père lui en a fait voir de toutes les couleurs… Visiblement, elle ne lui en a pas tenu rigueur puisqu'elle s'amuse aujourd'hui des gènes que j'ai hérités de lui.

Comment aurait réagi sa mère si le roi lui avait été infidèle ? s'interrogea un instant Dylan. Bien qu'arrangé, le mariage de ses parents s'était révélé une union heureuse. Jamais il n'avait surpris la moindre dispute entre eux, tout au plus quelques petits agacements bien naturels entre époux. D'une manière générale, le respect et la tendresse caractérisaient leur relation.

En outre, Dylan soupçonnait sa mère de détenir le véritable pouvoir, non seulement au sein de son couple mais aussi en ce qui concernait le palais.

Pour l'heure, hélas, le roi Morgan était souffrant et alité ! Il était resté de longues semaines dans le coma et son état requérait à présent des semaines de rééducation et de thérapie. Heureusement que son esprit vif était demeuré intact !

Broberick, le frère de Morgan, avait assuré l'intérim du pouvoir, sans manifestement être à la hauteur, puisque le plus grand chaos régnait depuis dans les affaires de l'île. D'ailleurs, au retour de Dylan, il avait été relevé de ses fonctions. Ce dernier se reprochait vivement de ne pas être rentré plus tôt à Penwyck. Mais il était vrai qu'il avait fait en sorte d'être injoignable, même par sa propre famille. Aussi n'avait-il pas été averti des bouleversements survenus.

Allons, maintenant, il était de retour, pensa-t-il en plissant les yeux. Et cette fois, bien déterminé à rester et à prendre la situation en main — sans pour autant faire de l'ombre à Owen, son frère jumeau, à qui reviendrait un jour la couronne.

Finalement, c'était sans déplaisir qu'il avait renoué avec ses activités princières. Ce matin, il avait rendu visite à sa sœur Meredith, dans ses appartements privés. Il avait pris un petit déjeuner en compagnie de cette dernière et de la nouvelle directrice du lycée de Penwyck. Il avait ainsi appris de précieuses informations sur le système scolaire en vigueur au sein de la principauté. Puis il s'était rendu à la partie de tir au pigeon d'argile organisé par le baron et lady Chaston.

Leur fille, Blair, avait fait de son mieux pour attirer l'attention de Dylan, lui adressant des regards peu équivoques et tâchant — vainement — de le retenir lorsqu'il avait annoncé qu'un rendez-vous urgent l'empêchait de prolonger cette agréable visite.

Un mensonge, bien sûr, mais Dylan savait que Blair tenait absolument à épouser un membre de la famille royale depuis que sa meilleure amie, Jordan Ashbury, s'était mariée avec Owen, le prince héritier.

Oh, Blair ne manquait pas de charme ! On devait même la trouver belle, pensa-t-il. En outre, elle avait de l'éducation et était cultivée, elle aurait parfaitement pu tenir le rang de princesse. Cependant, la pensée de se réveiller chaque matin au côté de cette bavarde invétérée lui donnait par avance mal à la tête.

Il avait passé deux ans à fuir les devoirs et les responsabilités auxquels sa naissance le prédestinait. Néanmoins, il avait soigneusement caché à ses parents son engagement en Borovkia au sein d'une organisation non-officielle baptisée Graystroke et dont la tâche consistait à sauver les dignitaires et les hommes d'affaires kidnappés en Europe centrale.

Le travail s'était révélé à la fois dangereux et excitant. A chaque mission, il risquait sa vie et courait le péril d'être lui-même enlevé. Par prudence, il avait falsifié son identité, s'était laissé pousser la barbe tout en se gardant bien de révéler à quiconque ses origines. A ses collègues comme à ses supérieurs.

S'ils avaient appris qu'il était le prince Dylan Penwyck, jamais ils ne lui auraient confié la moindre mission. Ou bien ils l'auraient assigné à des tâches administratives bien peu exaltantes.

Soudain, Dylan fut frappé par la beauté du paysage qui défilait dans un léger flou derrière la vitre, en raison de la vitesse. La limousine montait à présent la route pentue qui menait au palais. Au-delà des falaises, les nuages épais et noirs s'élevaient sur l'immensité de l'océan. L'hiver s'était peu à peu installé sur Penwyck depuis son retour, quelques semaines auparavant. Le matin, il arrivait qu'une couche de gel recouvrît la campagne et les journées étaient parfois ponctuées d'orages torrentiels. Néanmoins, les températures demeuraient agréables.

D'ailleurs, cette journée avait été particulièrement douce, pensa Dylan. Pour être vif, l'air n'était pas mordant, et jusqu'en fin d'après-midi le ciel était resté clair. Les habitants de Penwyck savaient cependant que le temps insulaire pouvait être fort capricieux en hiver. Dylan, bien qu'ayant vécu deux ans à l'étranger, ne l'avait pas oublié.

Finalement, pensa-t-il, il avait eu besoin de cette distance et de cet éloignement pour se rendre compte qu'il aimait à ce point son île natale et que sa place était véritablement ici. Jamais il ne serait roi, il le savait, mais il servirait loyalement sa famille et sa patrie. Et s'il le fallait, il risquerait sa vie pour les protéger.

— On organise une partie de poker, cette nuit, l'informa soudain Liam, l'arrachant à ses pensées. Vous en êtes ?

— Je ferai volontiers une partie ou deux, pour regagner l'argent que tu m'as subtilisé, la semaine dernière.

— Avec tous mes respects, Votre Altesse royale, j'ai mérité ma victoire. Si vous avez perdu, vous n'avez qu'à vous en prendre à vous-même.

Liam avait raison, pensa Dylan en retenant un petit sourire. Il avait été un bien piètre joueur, ce soir-là. Son esprit était ailleurs…

La santé de son père le préoccupait, ainsi que les abus de pouvoir de Broderick. Sans compter la grossesse mouvementée de sa sœur Meredith et l'enfant naturel d'Owen dont on avait appris l'existence il y avait quelques semaines à peine…

— La prochaine fois, l'avertit Dylan, ne compte pas sur moi pour te laisser gagner !

— Me laisser gagner ? fit Liam en éclatant de rire et en lançant un regard dans le rétroviseur. Vous ne pouvez pas…

— *Regarde devant toi !* hurla soudain Dylan.

Le vélo et la femme avaient brusquement surgi devant eux ! Là, juste au milieu de la route étroite. Liam jura en appuyant à fond sur les freins. Les pneus crissèrent, la limousine fit une embardée…

Dylan eut le temps d'apercevoir le visage effrayé de la belle cycliste, puis il fut vivement plaqué contre son siège au moment où l'avant de la limousine heurta l'arrière du vélo. La femme perdit l'équilibre, et tomba sur la chaussée, du côté de la falaise.

D'un bond, Dylan fut hors de la limousine, avant même que Liam n'ait coupé le moteur. La jeune femme était étendue sur le côté droit, bras et jambes relâchés. Son épaisse chevelure brune recouvrait son visage comme un suaire…

Le cœur battant, Dylan s'agenouilla près d'elle.

« Seigneur, pourvu qu'elle soit en vie ! » pria-t-il intérieurement. Avec mille précautions, il repoussa sa chevelure sur le côté, et posa sa main à la naissance de son cou, pour vérifier son pouls. Lorsqu'il sentit la pulsation chaude et vibrante sous ses doigts, il poussa un soupir de soulagement.

— Dites-moi que je ne l'ai pas tuée ! demanda alors Liam d'une voix implorante.

— Rassure-toi, elle est en vie, lui répondit Dylan en essayant de contrôler l'émotion qui sous-tendait sa voix.

Du regard, il balaya le corps de la blessée. Son bras et sa jambe gauches étaient écorchés. Son chemisier était maculé de terre et sa jupe tachée de vert, à cause de sa chute sur l'herbe.

Il leva les yeux vers son visage. « Ravissant tableau », pensa-t-il aussitôt, en dépit de sa joue toute rouge. A cet instant, elle poussa un petit gémissement et ouvrit les yeux. Il retint son souffle…

Elle était d'une beauté sidérante.

Des éclats d'or nageaient dans ses pupilles d'un vert pur. Sa peau était fine et claire.

La gorge de Dylan se noua lorsque son regard glissa sur la bouche de la belle inconnue… Une bouche aussi rouge qu'appétissante, indéniablement faite pour les baisers, conclut-il en relevant la tête. Quand de nouveau il croisa ses yeux verts, il y lut à la fois de la confusion et de la douleur.

— Que s'est-il passé ? demanda-t-elle en passant lentement sa main sur son front.

— Vous traversiez la route au moment où notre voiture est arrivée en haut de la côte, lui expliqua-t-il. Avez-vous mal quelque part ?

— J'ai l'impression d'avoir été rouée de coups, mais j'ai surtout mal à la tête, répondit-elle.

Il perçut alors un mince filet de sang qui coulait de son cuir chevelu. Son cœur se serra. Au même instant, la belle victime ferma les paupières. L'espace d'une fraction de seconde, il crut qu'elle avait cessé de respirer. Mais bien vite elle rouvrit les yeux, et il en éprouva un terrible soulagement.

Alors il sortit un mouchoir de sa poche et le plaça sur sa blessure.

— Appelle une ambulance, lança-t-il à Liam sans le regarder.

— Non ! objecta-t-elle alors vivement. Inutile d'appeler une ambulance ! Ça va aller, je vais me remettre. Ce n'est rien…

— Restez tranquille, lui ordonna Dylan. Vous ne devez pas vous agiter. Laissez-moi au moins vérifier que vous n'avez rien de cassé.

Ce faisant, il l'aida à s'asseoir, et remarqua qu'elle avait perdu une basket. Sans qu'il sache pourquoi, la vue de sa socquette blanche l'émut sensiblement. Allons bon ! Ce n'était vraiment pas le moment…

Durant son séjour en Borovkia, il avait pris des leçons de secourisme, aussi tâta-t-il rapidement les membres de la blessée d'une main professionnelle. Non sans noter au passage ses jambes aussi galbées que celles d'une danseuse. Ou encore d'une athlète. Quant à sa peau, elle était aussi douce que de la soie fraîche.

Il s'excusa en relevant légèrement sa jupe pour poursuivre sa vérification.

— Désolé, lui dit-il, mais avant que vous ne vous remettiez debout, il faut vérifier que tout fonctionne. Vous pourrez toujours me gifler après.

Au doigt, elle portait une bague en or, incrustée d'un diamant et d'un rubis. Elle aurait pu être dangereuse, pensa-t-il alors. Pour l'heure, elle se contentait de lui sourire tristement.

A cet instant, une bouffée de vent glacé fit naître des frissons sur sa peau. Un roulement de tonnerre crépita magistralement, puis un formidable éclair zébra le ciel. Subitement, l'air parut chargé d'électricité. Les premières gouttes de pluie frappèrent alors le sol.

— On ne peut pas rester ici, décréta Dylan. Je vais vous conduire dans la voiture.

— Dépêchons-nous avant que le ciel ne nous tombe sur la tête, conseilla Liam.

Un autre éclair déchira les cieux et la prédiction de Liam se révéla juste : des trombes d'eau s'abattirent bientôt sur leurs épaules, comme si le ciel venait effectivement de s'ouvrir.

Avec moult précautions, Dylan souleva la blessée de terre. Elle frissonna contre lui. Imperceptiblement, il resserra son étreinte et fit de son mieux pour la protéger de la pluie tandis qu'il se précipitait vers la voiture.

Liam lui ouvrit la portière et, après avoir allongé la cycliste sur la banquette arrière de la limousine, Dylan s'y engouffra à son tour. Son chauffeur referma prestement derrière lui.

Les vitres pare-balles de la voiture assourdissaient le bruit de la pluie torrentielle. Il faisait si bon à l'intérieur de la limousine. Un véritable havre de paix !

Liam sauta derrière le volant et, comme il mettait le contact, il demanda, saisi d'un doute :

— Dois-je placer la bicyclette dans le coffre ?

— Non ! décida Dylan. Nous reviendrons la chercher après l'orage. Inutile de ressortir, tu serais trempé. De toute façon, personne ne viendra la voler par ce déluge.

En dépit des efforts de Dylan pour la protéger de la pluie — le temps du transport dans la limousine —, les cheveux de la belle brune allongée sur la banquette étaient eux aussi trempés, et les mèches qui tombaient sur ses joues commençaient à onduler. Soudain, elle se mit à trembler ; sans attendre, il se saisit du plaid plié sur la plage arrière et l'en recouvrit.

— Appelle le Dr Waltham, ordonna Dylan à son chauffeur. Informe-le de la situation et prie-le de nous attendre à l'infirmerie.

Liam s'empara du téléphone de voiture pour exécuter les ordres de son patron, pendant que Dylan faisait remonter une paroi de verre destinée à séparer l'avant de l'arrière de la limousine. Il ne souhaitait pas qu'elle entendît la conversation.

Il dirigea de nouveau son regard vers elle. Ses yeux voilés de tristesse lui retournèrent le cœur. Il se sentait impuissant à calmer sa douleur. Allons, bientôt, ils seraient au palais, et il la confierait aux mains expertes du Dr Waltham.

Bon sang ! Il devait cesser de la dévorer des yeux, pensa-t-il en essayant de se contrôler.

— Nous serons arrivés dans quelques instants, lui déclara-t-il. Pourrez-vous tenir jusque-là ?

— Oui, répondit-elle d'une voix faible avant d'ajouter d'un ton si bas qu'il dut tendre l'oreille pour comprendre : Je suis désolée, tellement désolée…

A cet instant, l'intensité de son regard et le désespoir qui transperçait sa voix troublèrent Dylan. Vivement, il répondit :

— Pourquoi vous excusez-vous ? C'est nous qui vous avons renversée ! N'inversez pas la situation ! Vous n'êtes pas responsable.

A cet instant, elle lui lança un regard las, puis laissa dériver ses yeux vers le cuir de la banquette… Le mince filet de sang avait coagulé sur sa joue.

— Comment vous appelez-vous ? demanda-t-il en passant de nouveau le mouchoir sur sa blessure à la tête. Qui devons-nous prévenir ?

Lentement, elle tourna ses grands yeux vers lui. Il crut alors y percevoir des éclats de peur. En tout état de cause, ils reflétaient un désordre intérieur.

— Je… je l'ignore, finit-elle par articuler.

— Vous ignorez qui nous devons prévenir ? insista-t-il en fronçant les sourcils.

— Oui, fit-elle dans un souffle.

Puis, fermant les paupières comme si elle souffrait, elle ajouta alors :

— Tout comme je ne sais pas comment je m'appelle.

# 2.

En temps normal, le trajet jusqu'au palais aurait dû prendre cinq minutes. En l'occurrence, il dura un bon quart d'heure. En silence, Dylan maudissait chaque ornière de la route, chaque coup de tonnerre, chaque rafale de vent qui déportait légèrement la limousine vers le bas-côté. La pluie tombait à verse, tambourinant sur le toit de la voiture, menant une course effrénée avec les essuie-glaces. S'il savait qu'il était impossible à Liam de rouler plus vite, sous peine d'avoir un accident, il n'en ressentait pas moins une véritable frustration devant l'allure d'escargot de la limousine.

Heureusement qu'à l'intérieur, l'atmosphère cosy compensait le déchaînement des éléments, pensa Dylan en couvant du regard la femme allongée à côté de lui. Soudain, il sourcilla : il n'avait pas remarqué les taches de sang qui maculaient son chemisier blanc.

Dieu sait s'il avait vu sa part de sang, durant ses deux années passées en Borovkia, et pourtant, la couleur de celui-là lui parut différente de tout ce qu'il avait connu jusque-là. Cette femme était décidément unique ! Elle paraissait si vulnérable...

Après un examen plus précis de sa blessure au cuir chevelu, il était arrivé à la conclusion que la plaie n'était pas profonde. Mais qui sait si elle n'avait pas subi des lésions internes ? Et dire que c'était lui le responsable de cet accident. Il n'arrivait pas à se le pardonner !

Elle avait enfin cessé de trembler. Elle avait même tenté à deux reprises de s'asseoir, en décrétant qu'elle allait bien. Chaque fois, il l'avait gentiment contrainte à se rallonger…

Car, en dépit de ses protestations, il n'en restait pas moins qu'elle avait subi une sacrée commotion. Elle avait tout de même été renversée par une voiture, *sa* propre voiture !

D'où venait-elle ? Et, plus important encore, qui était-elle ? se demanda Dylan pour la énième fois depuis leur rencontre fatidique.

Le fait qu'elle ne soit pas en mesure de répondre à cette dernière question le perturbait sensiblement. Cependant, n'était-il pas compréhensible qu'elle soit confuse et désorientée ? Elle avait fait une sacrée chute et sa tête avait heurté le sol en tombant.

Quelque chose en elle lui était familier, mais il n'arrivait pas à définir quoi exactement. Comme une chanson qui lui serait remontée de l'enfance. Cette impression demeurait à la lisière de son esprit, mais refusait de se laisser saisir.

D'ailleurs, il préférait refouler ce curieux sentiment. Selon toute vraisemblance, il ne l'avait jamais rencontrée auparavant. Bien que la haute saison fut terminée, il était fort probable que ce soit une touriste, ou bien l'hôte d'une propriété environnante. La côte de Penwyck offrait un paysage d'une beauté à couper le souffle. Les voyageurs affluaient du monde entier pour venir photographier les merveilleuses falaises et forêts de l'île.

Néanmoins, la jeune femme n'était munie d'aucun appareil photographique. D'ailleurs, elle n'avait même pas de sac à main.

Un éclair aveuglant illumina soudain l'intérieur de la limousine, bientôt suivi d'un coup de tonnerre terrifiant.

La jeune femme ferma les yeux et se pelotonna sous la couverture.

— Vous ne craignez rien, tout va bien maintenant, lui assura-t-il.

Sa peau était encore plus pâle que tout à l'heure, lui sembla-t-il, et sa respiration plus faible. Aussi, pour l'encourager, ajouta-t-il :

— Nous serons au palais dans quelques minutes.

— Au palais ?

Elle écarquilla ses grands yeux, puis le scruta d'un air stupéfait.

— Oui, confirma-t-il, notre arrivée au palais de Penwyck est imminente. C'est là où mon chauffeur et moi nous rendions avant ce malheureux accident. De votre côté, vous rappelez-vous où vous alliez, avant de heurter la limousine ?

Il attendit quelques secondes, suspendu à ses lèvres.

— Je…

Elle hésita, pour finalement secouer la tête, réduisant à néant les espérances de Dylan.

— Non, ajouta-t-elle.

Elle se remit alors à trembler. Spontanément, Dylan se saisit de ses mains et les recouvrit des siennes pour leur communiquer un peu de sa chaleur.

Les doigts de la jeune femme étaient longs et effilés, ses ongles soignés. A part la bague qu'il avait remarquée tout à l'heure, elle ne portait aucun autre bijou. Aucune alliance, par exemple…

Lorsque le deuxième éclair troua la pénombre de la voiture, elle ne put retenir un petit cri.

— Ce n'est rien, lui dit-il gentiment tout en priant pour qu'elle n'ait subi aucun choc traumatique.

Il ne pouvait s'empêcher de craindre le pire : elle paraissait si nerveuse !

— Vos mains sont chaudes, dit-elle soudain d'une voix douce.

— C'est parce que les vôtres sont glacées que les miennes vous semblent si chaudes, répondit-il en lui souriant tendrement.

Un sourire furtif passa alors sur le visage de la mystérieuse inconnue. Dommage qu'il fût si bref ! Elle était éblouissante quand elle souriait.

— Vous avez été si gentil avec moi ! lui dit-elle. Et je ne connais même pas votre nom.

— Dylan. Je m'appelle Dylan Penwyck, précisa-t-il alors.

— Penwyck ? répéta-t-elle. Etes-vous un membre de la famille royale ?

Certes, Dylan avait passé sa vie à se cacher et à préserver son intimité. Il n'empêche que tous les habitants de l'île savaient que Dylan Penwyck était le fils du roi Morgan. Tout le monde en revanche ne savait pas forcément à quoi il ressemblait, notamment depuis son absence de deux ans. Néanmoins, le nom de Dylan Penwyck était parfaitement familier aux insulaires.

De deux choses l'une, pensa Dylan. Soit la jeune femme ne résidait pas à Penwyck. Soit le choc qu'elle avait reçu à la tête lui avait fait perdre bien plus que la mémoire de son nom…

Comme Liam arrivait au palais et se garait devant l'infirmerie, il n'eut pas le temps de répondre à sa question, ni de lui en poser d'autres. Vêtu d'un long imperméable et muni d'un immense parapluie, le médecin vint immédiatement à leur rencontre, puis ouvrit prestement la portière.

Le jeu des questions et des réponses devrait attendre un peu, se dit Dylan. Le nom de cette belle jeune femme et les raisons de sa présence en haut du promontoire allaient encore demeurer mystérieux quelque temps.

Alors, soulevant la blessée dans ses bras, il sortit de la limousine et se dirigea vers l'infirmerie du palais, tandis que le médecin les abritait avec son parapluie.


Trente minutes plus tard, Dylan scrutait avec impatience la pendule dans la salle d'attente de l'infirmerie.

Nom d'un chien ! Pourquoi la visite s'éternisait-elle de cette façon ? Il jura dans sa barbe et continua à arpenter la pièce. A sa demande, Liam était allé avertir la reine Marissa de l'accident, et le Dr Waltham pour sa part poursuivait son examen.

De nouveau, il jeta un coup d'œil nerveux vers la pendule.

C'était tout de même incroyable ! Le médecin devait *déjà* être arrivé à certaines conclusions !

Pour la centième fois, il se rappela la scène de l'accident... Le bruit sourd et métallique lorsque l'aile de la limousine avait heurté la bicyclette, le visage effrayé de la cycliste avant qu'elle ne tombe, son corps gisant sur le sol...

Puis les éraflures, les hématomes, les plaies. Et, pour finir, le filet de sang.

Tout en évoquant ces terribles souvenirs, il serra les poings. Soudain, n'y tenant plus, il se dirigea vers la pièce d'examen. Assez ! trancha-t-il. Il refusait d'attendre plus longtemps. Quelqu'un allait enfin lui dire quelque chose !

*Maintenant !*

Au moment où il s'apprêtait à frapper à la porte, elle s'ouvrit brusquement. Mavis Weidermeyer, l'infirmière du Dr Waltham, se dressa devant lui. Elle remplissait tout le cadre de la porte.

« Par pitié, pas Mavis ! » se dit Dylan, dépité.

Depuis sa plus tendre enfance, il usait le plus souvent de son charme, parfois aussi de son autorité, pour obtenir ce qu'il désirait du personnel du palais. Malheureusement, aucune des deux méthodes ne fonctionnait avec l'inflexible Mavis.

— Votre Altesse royale, commença l'infirmière en refermant soigneusement la porte derrière elle, puis-je faire quelque chose pour vous ?

Allons, il était le prince ! Il n'allait pas se laisser impressionner par cette infirmière, toute mastodonte qu'elle fût. Redressant les épaules, il déclara d'un ton ferme :

— Je souhaite parler au Dr Waltham.

— Je vous ai déjà dit que le docteur vous ferait un rapport quand il aurait terminé d'examiner la patiente, répondit-elle énergiquement. Allez gentiment vous asseoir dans la salle d'attente. Je vous ferai signe lorsque le docteur sera en mesure de vous parler.

Là-dessus, elle lui tourna les talons et entra dans son bureau.

Bouillonnant de colère, il examina longuement le large dos de l'infirmière. Bon sang ! C'était tout de même lui qui était censé donner les ordres ici ! Et non en recevoir !

Néanmoins, peu désireux de déclencher un esclandre, il regagna docilement la salle d'attente où il prit place dans un fauteuil de cuir.

Par la porte ouverte, il apercevait Mavis assise devant l'ordinateur, occupée à saisir des données. Et s'il outrepassait ses consignes et se ruait dans la salle d'examen ?

Au moment où l'idée lui traversait l'esprit, Liam réapparut, une tasse de café fumant à la main. Entendant des pas, Mavis jeta un coup d'œil dans sa direction, lui adressa un rapide signe de tête, puis se remit à fixer l'écran.

« Parfait, pensa Dylan. Voici du renfort ! »

— Comment va notre blessée ? demanda Liam en tendant le café à Dylan qui secoua la tête en signe de refus.

— Je l'ignore, je n'arrive pas à passer outre Attila, répondit Dylan à voix basse. Si seulement je pouvais user d'un petit subterfuge.

— Taratata, ça c'est ma spécialité ! répondit Liam tandis qu'un large sourire éclairait sa face.

Se dirigeant vers le bureau de Mavis, il enchaîna :

— Mavis, ma jolie, ma femme te fait demander pourquoi tu n'es pas allée à ton cours de danse, cette semaine.

Elle darda sur lui un œil suspicieux, et répondit :

— Je ne fais pas de danse, Liam McNeil. Et Claire le sait parfaitement.

— Oh, je me trompe alors ! Il s'agit peut-être d'un cours de jardinage… A moins que…

A cet instant, le contenu de la tasse qu'il tenait toujours à la main se renversa *malencontreusement* sur le bureau de Mavis qui bondit sur sa boîte de Kleenex pour éponger le café avant qu'il n'ait eu le temps d'atteindre le clavier de l'ordinateur.

D'un discret signe de tête, Liam indiqua à Dylan que la voie était libre…

Après qu'il eut frappé trois légers coups à la porte, il entendit qu'on l'invitait à entrer. Il s'introduisit alors à pas de loup dans la salle.

Vêtue d'une blouse bleu clair, la patiente était assise sur la table d'examen. Seule. Ses jambes et ses bras étaient nus et la vue des hématomes et des plaies qui les recouvraient lui serra le cœur. Elle lui lança un regard étonné et déclara :

— Je croyais que c'était l'infirmière.

Elle croisa alors les bras, comme pour se protéger du regard inquisiteur de ce visiteur.

— Elle est retenue par ailleurs et m'a prié de venir à sa place, dit-il en se rapprochant de la table.

— L'infirmière vous a chargé de faire *son* travail à *sa* place ? s'étonna la jeune femme.

— Euh… pas exactement ! En réalité, j'ai demandé à trois gardes du palais de la maîtriser afin que je puisse enfin vous approcher.

Evidemment, il obtint l'effet escompté. Un sourire amusé illumina immédiatement le visage de la jeune femme. Puis, redevenant sérieuse, elle déclara :

— Je suis terriblement désolée du dérangement que je vous cause. Vous avez parfaitement le droit de me tenir rigueur de mon imprudence.

— Si j'étais en colère, je peux vous assurer que vous vous en seriez déjà rendu compte, lui assura-t-il. C'est simple : le palais entier serait au courant de ma fureur.

Ce fut alors qu'examinant plus attentivement son cuir chevelu, il découvrit que la blessure était couverte d'un pansement.

— Avez-vous eu des points de suture ? s'enquit-il.

— Non, le Dr Waltham a jugé que ce n'était pas indispensable.

A cet instant, il prit doucement le menton de la jeune femme dans sa main, puis la contraignit à soutenir son regard. La tristesse qu'il perçut dans ses yeux vert et or manqua de lui arracher un juron.

— Comment vous sentez-vous ?

— Bien, fit-elle évasive.

— Menteuse…

Elle baissa alors les yeux et il put admirer ses cils longs et épais, tels deux éventails se rabattant sur ses joues pâles.

— J'ai l'impression d'être tombée du haut d'un escalier, lui dit-elle alors. Le médecin m'a donné des antalgiques.

Il savait qu'il aurait dû lâcher son menton... Pourtant sa main s'attarda plus que nécessaire. La peau de la jeune femme était douce et lisse dans sa paume d'homme, de l'ivoire délicat contre ses doigts. Soudain, son regard dériva vers la bouche pulpeuse et il sentit ses reins s'enflammer. Alors, vivement, il recula de quelques pas.

— Où est le docteur ? demanda-t-il pour faire diversion et se remettre de son émotion.

— Parti chercher les radios. Il ne saurait tarder...

Elle se tut un instant, avant de reprendre :

— Prince Dylan, euh... Votre Altesse royale...

— Dylan suffira !

Il détestait les titres honorifiques et ne supportait pas la déférence formelle dont les gens usaient envers lui dès lors qu'il déclinait son identité. C'était notamment pour cette raison qu'il avait tant apprécié son exil en Europe centrale. Là-bas, il avait été reconnu pour lui-même, et non pour le sang royal qui coulait dans ses veines.

— Et dire que je ne sais pas comment vous appeler, reprit-il alors d'un ton songeur. Vous ne vous souvenez toujours pas de votre nom ?

— Non, répondit-elle en détournant les yeux.

— Dans ces conditions, commença-t-il lentement, essayons quelques prénoms pour voir si cela éveille quelque lueur en vous. Agnès ?

— Ai-je la tête d'une Agnès ?

— Peut-être que non, finalement. Hortense... ?

Elle sourcilla, sceptique.

— Ce ne peut tout de même pas être Gertrude ?

Une lueur amusée traversa les yeux de la belle inconnue.

— Irma ? Sibyl ? Cornelia...

— Emily, peut-être ?

28

Au son de cette voix, Dylan se retourna vivement. Le Dr Waltham se tenait le seuil de la pièce, un dossier à la main, le front soucieux. La silhouette de Mavis se profilait derrière lui.

Le praticien se dirigea alors vers sa patiente et Dylan nota qu'il tenait un petit objet entre le pouce et l'index. C'était la bague qu'elle portait tout à l'heure, au moment de l'accident, réalisa-t-il.

— Nous vous avons retiré ce bijou lorsque nous avons nettoyé vos blessures tout à l'heure, déclara le médecin. Il y a une inscription à l'intérieur, inscription que nous avons d'ailleurs dû déchiffrer à la loupe.

Tout en retenant sa respiration, la jeune femme se mit à fixer la bague puis releva la tête vers le médecin avant de demander d'une voix blanche :

— Une inscription ?

— « A ma chère Emily », répondit le médecin en lui redonnant la bague. Evidemment, cela ne signifie pas à cent pour cent qu'Emily soit votre nom ; néanmoins, tant que nous n'aurons pas découvert qui vous êtes, je propose que nous nous en tenions à Emily. Sauf objection de votre part, bien sûr.

— Non, je…

Malgré elle, ses yeux se mouillèrent de larmes lorsqu'elle remit la bague à son doigt, puis elle ajouta :

— Emily, c'est parfait.

— Il semble que vous soyez devenue amnésique, consécutivement au choc que vous avez subi en tombant. Il n'y a néanmoins là rien de bien alarmant. Selon toute vraisemblance, vous allez recouvrer peu à peu la mémoire dans les jours, voire les semaines, à venir.

Il fit une pause avant de poursuivre en souriant :

— Bonne nouvelle : vous n'avez rien de cassé et ne présentez aucune blessure sérieuse. Certes, vous avez quelques contusions qui vont vous faire un peu souffrir, mais les antalgiques devraient apaiser la douleur. Vous resterez cette nuit à l'infirmerie en observation, puis il faudra vous reposer quelques jours encore afin de récupérer.

— Quelques jours ? reprit-elle vivement. Mais c'est impossible, je ne peux pas rester...

Elle fit alors mine de vouloir descendre de la table, mais chancela. Dylan se précipita vers elle pour la retenir.

— Tout va bien ? s'enquit-il plein de sollicitude.

— Oui, c'était juste un étourdissement.

— Je suis à peu près certain que cela provient des sédatifs, intervint le médecin. Laissez-moi m'en assurer.

Non sans réticence, Dylan lâcha le bras d'Emily, tandis que le médecin s'emparait du poignet de sa patiente pour lui prendre le pouls. Mavis jeta alors une grande couverture sur les épaules d'Emily de sorte qu'on ne vît plus que ses mains et ses pieds.

Le médecin poursuivit son examen en dirigeant un faisceau lumineux vers les yeux d'Emily, puis il lui demanda de suivre son doigt...

Alors, se tournant vers Dylan, il décréta :

— Elle a juste besoin de repos. Nous allons dresser un lit dans l'infirmerie pour qu'elle puisse dormir tranquillement.

— Non, elle va dormir dans la chambre attenante à ma suite.

— Votre Altesse royale, commença le médecin, c'est inutile, elle...

Alors, avec une autorité de ton dont il faisait rarement usage, Dylan répliqua :

30

— Elle sera mieux dans un véritable lit ! Vous pouvez éventuellement envoyer quelqu'un à son chevet. Prenez les dispositions nécessaires, mais il est hors de question qu'elle dorme dans un lit de fortune.

Là-dessus, il sortit dignement de l'infirmerie.

Emily, si tel était bien son nom, était désormais sous sa responsabilité. Et en dépit des rumeurs qui pouvaient courir, Dylan Penwyck ne s'était jamais dérogé à ses obligations ou devoirs.


Lorsqu'elle ouvrit les paupières, une subtile odeur des gardénias vint gentiment flatter ses narines. La lueur extérieure, pourtant filtrée par les rideaux, lui fit mal aux yeux. Elle replongea aussitôt la tête dans l'oreiller. Elle aurait voulu se rendormir, fuir dans le sommeil et le rêve.

Hélas ! Le tonnerre qui grondait au loin et la pluie qui crépitait contre les carreaux la rappelaient à la réalité. Elle se trouvait *réellement* dans l'enceinte du palais de Penwyck, sous un monceau de couvertures et de coussins, dans un lit à baldaquin.

Elle ne se souvenait pas qu'on l'ait conduite ici, hier soir. Les sédatifs avaient non seulement calmé la douleur, mais avaient eu également un effet soporifique. Le problème, c'était qu'ils n'agissaient plus, ce matin, constata-t-elle en voulant changer de position dans le lit.

Elle s'efforça de respirer par l'abdomen, puis se redressa sur un coude pour admirer sa chambre. Quel raffinement ! Le mobilier était d'époque victorienne et les tentures de soie. Un bouquet de fleurs — les fameux gardénias — était posé sur la table de chevet. Dans une coupelle en porcelaine, on avait disposé une poignée de pétales de rose dont l'odeur se mêlait harmonieusement à celle des gardénias.

Soudain, des larmes d'émotion lui brûlèrent les yeux.

Tout le monde avait été si attentionné avec elle depuis hier. Liam, le Dr Waltham et même l'imposante Mavis. Sans oublier Dylan, bien sûr.

A l'arrière de la limousine, il avait été d'une incroyable gentillesse. Et puis, à l'infirmerie, ses yeux bleu perçant avaient été constamment rivés sur elle, soucieux. Lorsqu'il lui avait saisi le menton, son cœur avait manqué un battement dans sa poitrine. La texture de ses mains sur sa peau lui avait fait l'effet d'une véritable décharge électrique. D'autant que, sous sa blouse, elle ne portait rien… Elle en avait presque oublié les raisons initiales de son séjour dans le palais.

Il lui était insupportable de l'entendre marteler qu'il était responsable d'un accident qu'elle-même avait provoqué. Certes sous la contrainte, mais il n'empêche…

Oh, comme elle aurait aimé revenir en arrière ! pensa-t-elle en contemplant le voilage du lit à baldaquin. Trouver le moyen de remonter le temps et de tout remettre en ordre.

Malheureusement, c'était impossible. Juste un vœu pieux ! A présent, elle ne pouvait plus rien changer. C'était trop tard. Elle ne devait pas regarder en arrière, elle n'avait pas d'autre choix que de continuer sur sa lancée.

Soudain, on frappa doucement à sa porte. Elle voulut s'asseoir, mais en fut incapable car son corps était perclus de douleurs. Un petit cri lui échappa et elle laissa retomber sa tête sur l'oreiller.

— Entrez, parvint-elle enfin à dire.

Une jeune fille pénétra alors dans la chambre. Elle portait une livrée et roulait devant elle un chariot chargé de nourriture. L'odeur du thé à la menthe et du bacon grillé rappelèrent à Emily qu'elle n'avait rien mangé depuis la veille.

— Bonjour, mademoiselle Emily, dit la camériste en approchant le chariot du lit. Je m'appelle Sally. J'espère que je ne vous ai pas réveillée.

— Non, je l'étais déjà, précisa Emily tout en tentant avec mille précautions de s'asseoir.

— Laissez-moi vous soutenir ! s'empressa de dire Sally en l'aidant à se redresser.

Cette dernière cala un autre oreiller derrière son dos et ajouta :

— L'infirmière va préparer vos médicaments et le médecin passera vous voir tout à l'heure. Voulez-vous utiliser la salle de bains ?

— Pas tout de suite, répondit Emily. Je vous en prie, ne vous donnez pas toute cette peine pour moi, ce n'est vraiment pas nécessaire.

— Mais, mademoiselle Emily, c'est mon métier ! se récria Sally, presque offensée.

Elle avança alors la tablette du chariot au-dessus du lit. Mmm, comme tout cela avait l'air appétissant ! pensa Emily. Les œufs brouillés fumaient encore et le bacon paraissait grillé à point.

— J'espère que vous avez faim, ajouta Sally. D'ailleurs, que vous le vouliez ou non, j'ai reçu des ordres très stricts du prince Dylan pour prendre soin de vous.

A cet instant, Sally souleva la serviette bleue qui recouvrait la corbeille et présenta divers petits pains frais à Emily.

— Des ordres ? répéta celle-ci.

— Oui. Il m'a ordonné d'exécuter la moindre de vos volontés, précisa Sally en lui versant du thé dans une tasse en porcelaine. En outre, en cas de problème, même mineur, il m'a enjoint de l'appeler immédiatement. Prenez-vous du lait dans votre thé ?

— Non, merci, répondit Emily avant d'ajouter : Je suppose que Dyl — que le prince Dylan a des choses plus importantes à faire que de s'occuper de moi.

— Vous savez, confia alors Sally en prenant un air entendu, depuis la maladie du roi Morgan, le palais est sens dessus dessous.

— Le roi est souffrant ?

— Hélas oui ! Il aurait été atteint d'une encéphalite. Cependant, aux dernières nouvelles, il est hors de danger et sur le chemin de la guérison. Vous imaginez le soulagement de la famille royale ! Et puis, le prince Dylan est enfin revenu. Ça, c'est un autre souci en moins pour la reine Marissa et le prince Owen.

Emily avala quelques gorgées de thé brûlant, puis demanda :

— Le prince Dylan s'était absenté ?

— Comment ? Vous n'êtes pas au courant ?

Sally lança un regard déconcerté à Emily, puis ajouta :

— Seigneur, on m'avait dit que vous aviez perdu la mémoire mais je ne pensais pas que c'était à ce point-là ! Alors c'est bien vrai, n'est-ce pas ? Vous ne vous souvenez de rien ? Qui vous êtes et d'où vous venez, vous l'ignorez ?

La migraine latente d'Emily se transforma subitement en un terrible mal de crâne. Son pouls se mit à battre violemment à ses tempes, résonnant douloureusement dans son cerveau. Fermant les yeux, elle secoua la tête.

— Oh, je vous ai bouleversée avec mon bavardage, je suis désolée ! s'exclama Sally. Et moi qui suis censée prendre soin de vous, c'est réussi !

— Ce n'est rien, ce n'est nullement votre faute, répondit Emily en s'efforçant de sourire. Parlez-moi plutôt du prince Dylan.

A ces mots, Sally prit un air rêveur et décréta :

— Oh, c'est un homme on ne peut plus charmant… !

Hum, hum ! pensa Emily en se gardant de rire. De toute évidence, la jeune domestique avait un faible pour le prince ! Ce qui, soit dit en passant, n'était guère surprenant. Quelle femme n'aurait pas craqué pour le beau prince ? Elle-même n'avait-elle pas été profondément troublée lorsque ses mains avaient effleuré sa peau ?

— Vous me parliez de son absence…

— Oui, elle a duré deux ans, confirma Sally. Personne ne sait exactement ce qu'il a fait pendant tout ce temps, ni où il se trouvait. Certains prétendent qu'il était en Afrique, traquant du gibier sauvage dans des jungles profondes. D'autres affirment qu'il naviguait sur les vastes océans, visitant tous les ports de la terre et rencontrant les femmes les plus exotiques. On parle même d'une comtesse italienne et d'une villa retirée…

Poussant un soupir, elle enchaîna :

— C'est un homme à femmes, vous savez ! Sa beauté ténébreuse fait des ravages, un sourire suffit à toutes les ensorceler !

— Il en faut parfois bien peu, fit Emily sur un ton légèrement agacé…

Car elle aussi avait l'impression d'avoir été *ensorcelée* par le prince !

— Il y a encore d'autres rumeurs, poursuivit Sally sur un ton confidentiel. Mais si outrageuses que je ne sais pas si je dois les répéter.

— Abstenez-vous alors !

La voix de Dylan les fit toutes deux sursauter.

D'un pas raide, il pénétra dans la chambre. Visiblement, il était irrité.

# 3.

— Votre Altesse royale !

Les joues en feu, Sally pivota vivement sur ses talons et s'inclina profondément devant le prince non sans ajouter d'une voix confuse :

— Je... Je croyais que vous deviez rencontrer l'amiral Monteque, ce matin.

— Ma réunion avec l'amiral est terminée, annonça froidement Dylan.

Consciente que ce flagrant délit pouvait lui coûter son emploi, Sally bredouilla :

— Je... Je suis réellement désolée ! Je ne voulais pas dire cela, enfin, je ne le pensais pas, je...

— C'est bon, Sally ! l'interrompit Dylan d'un air agacé. Je désire m'entretenir avec Emily... Si vous n'y voyez pas d'inconvénient !

— Bien sûr que non ! repartit Sally avec un grand sourire, terriblement soulagée que l'incident fût clos.

— En tête à tête ! précisa alors le prince en fronçant les sourcils.

— Oh oui... bien sûr ! Pardonnez-moi ! s'exclama la pauvre Sally complètement déroutée, avant d'ajouter à l'intention d'Emily : Je reviendrai tout à l'heure pour vous aider à prendre votre bain. Si, entre-temps, vous aviez besoin de quelque chose, composez le 24. A moins que vous ne préfériez que j'attende devant la porte de…

— *Sally !*

La vive réprimande de Dylan la fit sursauter et elle se précipita vers la porte, tête baissée. Avant de sortir, elle fit une ultime et rapide révérence, puis disparut.

Sourcils froncés, Dylan attendit que Sally eût refermé la porte qu'il fixa pendant quelques secondes encore avant de se retourner vers Emily. Jamais il ne s'habituerait aux incessantes révérences du personnel. Certes, il les acceptait comme des formalités incontournables dues à son rang — ce qui ne signifiait pas pour autant qu'il les appréciait. Loin de là !

Au fond, il était heureux de penser que l'héritier de la couronne serait Owen, et non lui. Depuis leur plus tendre enfance, son frère jumeau s'était toujours plié de bonne grâce aux règles en vigueur à Penwyck. Il avait toujours été plus patient et — soit dit en passant — bien plus féru de politique que Dylan qui trouvait profondément ennuyeux tout le protocole auquel était soumise la famille royale. D'ailleurs, plus d'une fois, son caractère indocile lui avait valu des ennuis — ce que ne cessait de déplorer sa mère. Il était navré de la décevoir, mais elle aussi devait accepter que son fils fût différent.

D'ailleurs, si un jour il devait se retrouver sur le trône — éventualité qu'il ne fallait pas totalement exclure, la vie vous réservant de telles surprises —, il se demandait sincèrement s'il serait en mesure de s'amender et de tempérer ses élans — en un mot de régner avec sa raison et non avec ses émotions.

Allons, pensa-t-il, inutile de s'embarquer dans de vaines supputations. Owen serait le prochain roi de Penwyck et Dylan ne jalouserait jamais son jumeau pour cette suprême fonction. Owen ferait un monarque idéal ! Et sa femme, Jordan, une charmante reine. Quant à Whitney, leur fillette de quatre ans, avec sa ravissante frimousse, elle était digne d'une princesse de conte de fées. Oui, Owen serait à la hauteur de sa tâche et remplirait de fierté tant sa famille que le peuple de Penwyck.

Rasséréné, Dylan reporta son attention sur Emily.

Calée contre d'immenses oreillers, elle prenait son petit déjeuner dans l'imposant lit à baldaquin. Elle le scrutait d'un air à la fois circonspect et incertain, le regard encore lourd de sommeil.

Sa vue lui donna brusquement un coup au cœur en même temps qu'une étrange chaleur se répandait dans ses reins… Avec sa longue chevelure brune cascadant autour de son beau visage pâle, ses épaules fragiles, le doux renflement de sa poitrine sous le haut de son pyjama de soie, Emily avait l'air de sortir tout droit d'un monde de fantasmes plutôt que d'appartenir à la réalité.

Le regard de Dylan se porta soudain sur sa joue bleuie… et cela le ramena sur terre ! Un juron lui vint spontanément aux lèvres — juron qu'il sut retenir à temps. Encore qu'il en eût fallu bien plus pour défigurer cette ravissante créature !

— Bonjour, Votre Altesse royale, dit-elle en coulant un regard vers lui alors qu'il se rapprochait du lit. J'espère que vous voudrez bien m'excuser de ne pas me lever pour faire une révérence. En outre, vous me prenez au saut du lit. Navrée, mais je ne suis pas forcément à mon avantage.

— Autant que je puisse en juger, vous êtes toujours à votre avantage, Emily, repartit-il.

Immédiatement, une exquise rougeur colora les joues de la jeune femme et elle baissa pudiquement les yeux. Malgré lui, le regard de Dylan fut de nouveau attiré vers son décolleté. Vers ses seins… Il aperçut alors leurs pointes tendues sous la fine étoffe du pyjama. Et sa propre température monta encore d'un cran.

En un ultime effort, il détourna les yeux, puis, s'éclaircissant la gorge, il demanda :

— Comment vous sentez-vous, ce matin ?

— J'ai l'impression que ma tête est une forêt dans laquelle des bûcherons abattent des arbres à l'aide de scies électriques, répliqua-t-elle non sans humour.

— Je vais appeler l'infirmière, décréta-t-il immédiatement en prenant le combiné.

— Inutile de la déranger pour une migraine, objecta-t-elle en posant une main sur son bras.

Main qu'elle retira vivement, avant d'ajouter d'un air confus :

— Pardonnez-moi, Votre Altesse, il était bien présomptueux de ma part de…

— Arrêtez ! lui ordonna-t-il en sourcillant.

Ah non ! Elle n'allait pas elle aussi s'excuser à chaque instant sous prétexte qu'il était prince. Certes, il l'était, et alors ? Il n'en était pas moins homme !

Rapprochant le fauteuil du lit, il y prit place et se saisit de la main d'Emily. Puis il poursuivit sur un ton de patience résignée :

— Emily, je vous ai déjà dit hier que lorsque nous sommes seuls, je préfère que vous m'appeliez Dylan.

— Je…

Elle s'interrompit brusquement, puis, baissant les paupières, ajouta rapidement :

— Très bien, si c'est cela que vous préférez…

— Oui, j'aime mieux que vous m'appeliez Dylan.

Et il y avait tant d'autres choses encore qu'il aimait concernant Emily, réalisa-t-il. Le rose délicat de ses joues, les inflexions mélodieuses de sa voix, son cran… La plupart de ses connaissances féminines seraient probablement devenues hystériques si elles avaient subi la même mésaventure qu'Emily. Que disait-il ? le quart de sa mésaventure ! Elles auraient déclenché un vent de panique dans le palais en faisant courir le personnel dans tous les sens pour assouvir leur moindre caprice.

Emily, elle, n'avait pas émis une seule demande. Bien au contraire, elle paraissait gênée de l'attention qu'on lui consacrait. Et bien que son attitude réservée en dît long sur son caractère, il ignorait son nom et qui elle était.

Il tenait toujours sa main dans la sienne. Ses doigts étaient chauds aujourd'hui, et il se demanda si tout le reste de son corps était aussi lisse et doux que ses doigts… Doucement, il se mit à caresser d'un pouce distrait le poignet de la jeune femme, et il sentit immédiatement le pouls de cette dernière faire un bond sous sa caresse.

— Vous souvenez-vous de quelque chose, ce matin ?

A cette question, une brève lueur d'angoisse traversa ses beaux yeux émeraude avant qu'elle ne détourne la tête. Nom d'une pipe ! Il n'aurait pas dû la brusquer de cette façon, se reprocha-t-il vivement. Le Dr Waltham lui avait pourtant expliqué hier que l'amnésie — même partielle — pouvait s'accompagner d'un regain d'anxiété chez la personne qui en souffrait. Et Emily souffrait déjà suffisamment comme ça ! La dernière chose à faire, c'était bien de la renvoyer à son impuissance en la harcelant de questions auxquelles elle était incapable de répondre !

Patience ! s'enjoignit-il. Il aurait bientôt des renseignements à son sujet. Il avait déjà chargé Pierceson Prescott d'enquêter sur la belle Emily. Et il ne doutait pas un instant que le digne patron des CRE — les commandos royaux d'élite — finirait par découvrir l'identité de la jeune femme. Allons, elle n'était tout de même pas tombée du ciel !

Secrètement, il espérait que Prescott ne serait pas trop prompt à remplir sa tâche… Car dès qu'Emily saurait qui elle était et qui était sa famille, elle s'en irait rejoindre les siens. Et bien que cela lui coûtât de l'admettre, il n'était nullement disposé à laisser repartir la ravissante jeune fille.

— Mangez ! lui ordonna-t-il tout à coup en relâchant sa main et en lui désignant le plateau. La cuisine de notre chef est l'un des rares luxes qui me manquent lorsque je suis loin du palais. Boudreau est un véritable cordon-bleu.

Portant délicatement sa tasse de thé à ses lèvres, Emily répondit :

— Un peu de thé me suffira.

— Vous devez manger ! répéta Dylan.

Là-dessus, il se saisit de la fourchette, prit dans l'assiette une bouchée d'œufs au bacon et la lui présenta en précisant :

— C'est un ordre, et un ordre ne se discute pas !

— Un ordre, vraiment ? dit-elle en levant un sourcil moqueur. Et moi qui croyais que vous étiez juste Dylan lorsque nous étions seuls !

— Tout dépend du niveau de votre coopération, décréta-t-il.

Et lorsque la jolie bouche d'Emily se referma sur la fourchette, son cœur se mit à cogner vivement dans sa poitrine… Comme il préparait une autre bouchée, elle lui prit la fourchette des mains et protesta gentiment :

— Dylan, je suis assez grande pour me nourrir, moi-même. En revanche, pourquoi ne m'accompagnez-vous pas ? Il y en a largement pour deux, ainsi je me sentirai moins seule. Il est fort désagréable d'être observée lorsque l'on mange.

Docile, il s'empara d'un scone sur le plateau et se cala dans le fauteuil pour le déguster tranquillement. Ou plus exactement pour la laisser manger en paix, et qu'elle n'ait pas la sensation d'être *observée*.

Ils mangèrent un instant en silence, chacun absorbé par ses propres pensées — un silence rythmé par la pluie et le flic flac régulier qui tombait de la gouttière.

Elle mangeait avec beaucoup de délicatesse, par petites bouchées, et chaque fois qu'elle ouvrait la bouche pour enfourner sa fourchette, des picotements lui parcouraient les reins. Il devait cesser de l'observer à la dérobée ! Il était un gentleman, oui ou non ? Et un gentleman ne devait pas convoiter une femme alitée et blessée, surtout quand il était responsable de l'alitement. *Encore qu'il n'ait pas toujours prétendu être un gentleman…*

— Sally m'a dit que vous aviez été absent du palais pendant deux ans, dit Emily une fois qu'elle eut avalé sa dernière bouchée d'œufs au bacon. Deux ans, c'est beaucoup, votre famille a dû vous manquer.

— Effectivement…

En réalité, ce n'était qu'à son retour qu'il s'en était rendu compte.

— Eh bien, était-ce la jungle, l'océan… ou la villa italienne ? le taquina-t-elle.

— Pardon ?

— Oh, je suis désolée ! déclara-t-elle précipitamment en se tamponnant la bouche avec sa serviette. Je n'aurai pas dû vous poser une telle question.

— Ah, la rumeur… Intéressant, cependant ! J'avais déjà entendu parler de la jungle et de l'océan, mais la villa italienne, c'est une première.

Elle lui lança un regard en coin, puis, s'enhardissant brusquement, elle précisa :

— Il paraît pourtant que vous vous y êtes réfugié en compagnie de votre maîtresse. Une comtesse, selon Sally.

Eh bien, de plus en plus intéressant ! Autant qu'il se rappelle, il n'était jamais resté plus de deux semaines avec une femme, alors deux ans… Pourtant, désireux d'entretenir le mystère, il répondit :

— Ah, cette fameuse villa ! J'avais oublié… Il y en a eu tellement.

— De villas ou de femmes ?

— De rumeurs !

Oui, bien trop de rumeurs à son goût avaient circulé sur son compte ! Et ce depuis son adolescence ! Depuis qu'il avait fêté ses dix-huit ans, les paparazzi et les journalistes de tout poil se tapissaient dans l'ombre pour traquer ses moindres faits et gestes. Dès qu'il avait le malheur de poser les yeux sur une femme, cette dernière et lui devenaient subitement un couple, étaient éperdument amoureux et ne pouvaient plus vivre l'un sans l'autre. Si l'on en croyait les tabloïds, Dylan Penwyck avait été secrètement fiancé et marié plus de fois que la main ne contient de doigts pour les compter. Parmi toutes ces affabulations, celle qu'il préférait, c'était son prétendu mariage à Las Vegas ! Un témoin l'avait vu — *de ses yeux vu* — passer l'anneau au doigt d'un mannequin en vogue dans une chapelle de la capitale du jeu ! L'imagination, tout de même…

Heureusement qu'il avait assez d'humour et de recul pour ne pas accorder la moindre importance à ce qu'on écrivait sur lui ! Une seule fois, il avait été obligé d'assigner un tabloïd en justice. Il fallait dire que la feuille de chou avait passé les bornes en l'accusant d'avoir fait un rejeton à une mineure sans ressources, qu'il avait ensuite abandonnée sans état d'âme ! Rien que ça !

Il voyait toujours rouge en repensant à cette diffamation ! Aucun Penwyck digne de ce nom ne tournerait le dos à sa progéniture. Et aucun ne laisserait un enfant illégitime dans la pauvreté !

Oui, ce fut la seule fois où Dylan avait exigé des excuses publiques et suggéré au tabloïd de faire une enquête sur les mères célibataires désargentées afin de sensibiliser la population à leur sort.

— Je suis désolée, entendit-il soudain Emily lui dire, je vous ai bouleversé.

A ces mots, il tourna la tête vers la charmante jeune femme allongée près de lui. Elle le scrutait avec un regard inquiet. Immédiatement, il oublia sa colère contre le fichu tabloïd, et, secouant la tête, il déclara dans un sourire :

— La rumeur est malheureusement un fléau inévitable. La leçon que l'on doit en tirer, c'est qu'il ne faut jamais rien prendre pour argent comptant. Les choses ne sont pas toujours ce qu'elles semblent être.

Imperceptiblement, Emily tressaillit et demanda :

— Le prince Dylan serait-il désabusé ?

— Désabusé, non, mais je me pose des questions…

Soudain, un sourire éclaira son visage aristocratique et, se rapprochant d'elle, il ajouta :

— Et je m'en pose notamment au sujet d'une belle jeune femme qui souffre d'amnésie.

— Qu'êtes-vous exactement en train de faire, Votre Altesse royale ? Me complimenter ou m'interroger ?

— Dylan, lui rappela-t-il. Et si j'ai besoin de vous préciser que c'était un compliment, alors c'est que je ne sais plus m'y prendre et que j'ai séjourné trop longtemps dans la jungle !

— Ah, fit-elle la curiosité piquée, vous étiez donc bel et bien dans la jungle ?

Il haussa les épaules et répondit non sans une certaine lassitude :

— La jungle, l'océan, une villa italienne, une chapelle à Las Vegas… Quelle importance ! Je suis de retour chez moi, maintenant, c'est le principal ! Désormais, ma patrie et ma famille sont les deux seules choses qui me tiennent à cœur.

A cet instant, elle détourna vivement les yeux, mais il eut néanmoins le temps d'apercevoir les larmes qui s'y étaient formées. Alors, la prenant par le menton pour la forcer à tourner la tête vers lui, il ajouta gentiment :

— Pardonnez-moi… Ce doit être difficile pour vous de ne plus savoir qui est votre propre famille, et de penser qu'elle se fait un sang d'encre pour vous.

— Je…

Elle s'interrompit, déglutit avec difficulté, puis poursuivit :

— L'idée que l'on puisse faire du mal à une personne que j'aime m'est insupportable.

Au même instant, Dylan sentit une larme s'écraser sur sa main… et il eut l'impression qu'on lui enfonçait un couteau dans le cœur. Curieux ! pensa-t-il suprêmement troublé. Jamais les larmes d'une femme ne l'avaient affecté à ce point. Et jamais il n'avait ressenti un si vif besoin de consoler une éplorée !

Par réflexe, il se leva afin d'instaurer une distance entre eux et d'être certain de ne pas la prendre dans ses bras !

— Vous avez besoin de vous reposer, décréta-t-il. Mavis va me chercher querelle si elle s'aperçoit que je vous ai fatiguée par ma présence. Si vous avez besoin de quoi que ce soit, faites le 0 et vous serez directement en contact avec l'infirmerie.

— Merci, dit-elle en levant son regard vers lui. Je n'oublierai jamais votre gentillesse.

Comme il s'apprêtait à sortir, elle le rappela par son prénom. Il lui lança un regard par-dessus son épaule, sans se retourner. Prudence, prudence… ! Car, à la façon dont elle avait prononcé son prénom, ses reins avaient flambé de désir.

— Quel numéro dois-je faire si j'ai besoin de vous ?

Dylan sentit une terrible chaleur s'emparer de son être, et son sang se mit à battre plus fort dans ses veines. Trop stupéfait pour émettre le moindre son, il se contenta de la fixer en silence.

Rougissant de confusion, Emily s'empressa de préciser :

— Je veux dire... si j'ai besoin de vous parler.

— Si vous faites le 24, on vous mettra en contact avec moi, commença-t-il, la gorge sèche. Le numéro 25 est celui de mes appartements privés.

Là-dessus, il se précipita hors de la chambre par crainte d'ajouter quelque chose qu'il regretterait forcément par la suite.

— On dirait que ce lin rose pâle a été fait spécialement pour vous, Emily. Avec vos cheveux noirs et votre teint clair, ce sera fantastique. Oh, je vous en prie, essayons-la !

Emily serra les lèvres. Si elle entendait encore une fois Devonna Demetrius lui dire d'une voix plaintive : « *Oh, je vous en prie, essayons-la !* » elle allait hurler !

La blond platine qui se tenait devant elle était la dernière recrue des couturières du palais. Et cela faisait au moins deux heures qu'elle était au pied de son lit et lui présentait toutes sortes de vêtements : des robes, principalement, mais aussi des pulls, des déshabillés, des fourreaux pour le soir. Elle avait également amené quantité de boîtes de chaussures et des paniers remplis de lingerie.

Un simple coup de téléphone de Dylan avait suffi à déclencher l'opération garde-robe. Devonna, la nouvelle assistante de la couturière de la princesse Megan, avait passé la journée d'hier à prendre les mesures d'Emily, et à vérifier à l'aide d'un nuancier les couleurs qui mettaient le plus son teint en valeur. Emily ignorait dans le détail les consignes que Dylan lui avait transmises, mais nul doute qu'il lui avait laissé carte blanche ! Et bien qu'Emily n'ait cessé de répéter à la zélée couturière qu'elle n'avait besoin que de deux ou trois choses, cette dernière n'en avait cure.

Si le prince Dylan avait ordonné qu'on fasse une garde-robe à Emily, alors il fallait que ce soit une garde-robe digne de ce nom, qu'elle le veuille ou non !

Devonna s'investissait pleinement dans cette mission et appréciait visiblement d'avoir les coudées franches. Emily ne pouvait s'empêcher de la comparer à un jeune fox-terrier à qui on aurait donné un os encore rempli de moelle — en l'occurrence, elle-même faisant office d'os !

Manifestement, Dylan avait ordonné à tout son personnel de prendre grand soin d'elle. Soit, elle souffrait de contusions... *Il n'empêche qu'elle n'était pas handicapée, pour l'amour du ciel !* D'ailleurs, aujourd'hui, elle se sentait déjà bien mieux. Elle n'avait pas besoin que Sally lui fasse couler son bain, elle pouvait le faire elle-même. Elle savait encore se servir d'un mitigeur — même si celui de la salle de bains que l'on avait mise à sa disposition était des plus sophistiqués. En outre, il était parfaitement inutile que la domestique chauffe ses serviettes ou encore qu'elle lui sèche les cheveux ! Par ailleurs, pourquoi fallait-il que Mavis vînt lui prendre le pouls et la tension au moins dix fois par jour ? D'ailleurs, soit dit en passant, son air sévère la mettait fort mal à l'aise.

Quant à la garde-robe, c'était tout simplement superfétatoire ! pensa-t-elle en parcourant la pièce d'un regard las. Elle ne garderait pas le moindre vêtement, alors... Lorsque toute cette histoire serait terminée, elle reprendrait ses propres habits, qu'elle lavait et repassait elle-même, comme une grande, et qui l'attendaient sagement dans son armoire…

Pourtant, elle osait à peine protester. La détermination et l'enthousiasme de Devonna étaient venus à bout de sa résistance. Sans compter que la journée avançait et que l'agitation de la couturière avait fini par l'épuiser. Elle n'avait pratiquement plus la force d'argumenter.

— Mademoiselle Demetrius, je…

— Dee Dee ! la corrigea immédiatement Devonna tout en l'aidant à enfiler une veste de tailleur — elle portait déjà la jupe assortie — et en se reculant pour juger de l'effet et des retouches à apporter. Oh, mon Dieu ! C'est parfait ! Il n'y a aucune retouche à faire. Vous avez vraiment une taille de mannequin. Regardez-vous au moins dans la glace ! Attendez… Je vous apporte les chaussures coordonnées.

— Dee Dee, je n'ai pas besoin de ce tailleur en lin… ni des chaussures qui vont avec !

Néanmoins, tandis que Devonna recherchait parmi toutes les boîtes de chaussures *la* paire qui s'imposait, Emily jeta subrepticement un œil vers l'armoire à glace qui reflétait son image en triptyque.

Dee Dee avait raison, c'était parfait ! Tous les vêtements qu'elle avait apportés l'étaient, d'ailleurs. Il aurait fallu être vraiment mal faite pour ne pas avoir de l'allure dedans ! Et, au fond, quelle femme n'aurait pas été flattée de s'admirer dans un tailleur signé Chanel ? Le temps, pendant quelques minutes, de se prendre pour Mademoiselle…

— Non, ce ne sont pas celles-ci, marmonna Dee Dee en sortant une paire de splendides escarpins blancs dotés de lanières et d'un talon vertigineux. Ah, elles ne doivent pourtant pas être bien loin…

Pendant que Dee Dee poursuivait ses recherches tout en maugréant entre ses dents, Emily se laissa tomber dans un

48

fauteuil capitonné et balaya pour la centième fois la pièce du regard. Où que ses yeux se posent, ils rencontraient le luxe et l'élégance. Du tapis moelleux et bleu qui lui caressait les talons au guéridon en marbre blanc sans oublier les miroirs dorés à l'or fin.

Pourtant, pensa amèrement Emily, elle ne méritait nullement de se trouver dans cette demeure de rêve. Et encore moins de recevoir la gentillesse et la générosité qu'on lui témoignait depuis son arrivée ! Elle supportait difficilement d'être choyée de la sorte. Une nouvelle fois, elle fixa son reflet dans le miroir, et, immédiatement, un mot lui vint à l'esprit…

*Menteuse !*

Le terme rebondit cruellement dans son cerveau et sur son cœur ; de douleur, elle ferma les yeux. Oui, voilà ce qu'elle était, une menteuse, une tricheuse, une usurpatrice. Elle était tout cela et bien pire encore.

Deux jours plus tôt, juste après son arrivée au palais, quand elle s'était retrouvée seule avec Dylan à l'infirmerie, elle avait dû puiser dans ses ultimes ressources pour ne pas s'effondrer devant lui. Et puis hier, et ce matin encore, au petit déjeuner, elle avait de nouveau produit des efforts surhumains pour continuer à donner le change.

Elle maudissait les scélérats qui l'avaient contrainte à commettre une chose aussi méprisable ! Oui, elle les haïssait de toutes ses forces, *les chiens* ! Jamais encore elle n'avait ressenti un tel sentiment d'impuissance et de désarroi.

Sa vie avait basculé il y avait exactement six jours.

Elle se trouvait chez elle, à West County, occupée à corriger les dictées des élèves du cours moyen tout en guettant l'arrivée de sa grand-mère, pour le thé. Celle-ci était allée faire des courses au village et ne devait plus tarder car l'heure du thé, c'était sacré. Et puis, brusquement, le téléphone avait sonné, transformant pour toujours le cours tranquille de son existence.

— Si vous faites exactement ce que l'on vous dit de faire, il n'arrivera rien à votre grand-mère, avait alors déclaré un homme dans le combiné — un combiné de toute évidence recouvert d'un mouchoir.

Une sueur froide avait coulé dans son dos et ses doigts étaient devenus glacés. Non, il devait s'agir d'une farce ! avait-elle pensé en resserrant le combiné. Une mauvaise plaisanterie.

— Qui est à l'appareil ?

— Peu importe, faites ce que l'on vous dira de faire et tout ira bien, avait répondu plus durement son interlocuteur.

— Où est ma grand-mère ? s'était exclamée Emily, entièrement paniquée. Dites-le-moi immédiatement ou je n'hésiterai pas à prévenir la police et…

— Vous ne préviendrez personne, avait tonné la voix. Sinon, votre grand-mère aura un accident qui lui sera fatal.

Elle crut qu'elle allait s'évanouir. Mon Dieu ! Ce n'était pas possible, elle était en train de vivre un cauchemar. *Ce ne pouvait pas être la réalité !* Que pouvait-on lui vouloir, à elle ou à sa grand-mère ?

— Ecoutez, reprit-elle la gorge affreusement nouée, c'est certainement une erreur. Vous devez vous tromper de personne.

— Vous êtes Emily Bridgewater et votre grand-mère s'appelle Olivia Bridgewater. Nous avons besoin de vos services, Emily. En attendant, nous traiterons parfaitement bien votre grand-mère.

*Nous ?* Seigneur, qui étaient ces fous ? Et que pouvaient-ils bien attendre d'elle ?

— Je vais vous passer votre grand-mère, avait alors annoncé son interlocuteur. Vous allez lui dire que tout va bien et que vous la rejoindrez dès que possible.

— Attendez, je ne comprends pas, je…

A l'autre bout du fil, elle entendit l'homme s'adresser à sa grand-mère :

— Olivia, venez, ma chère, c'est pour vous.

Brusquement, il avait changé de ton et était devenu extrêmement cordial.

— C'est Emily, elle souhaite vous parler, ajouta-t-il.

— Emily ! s'était alors écriée sa grand-mère dans le combiné. Tu es un ange de m'avoir fait une surprise pareille. L'endroit est si luxueux et tout le monde tellement gentil avec moi ! Surtout Frederick ! Il ne me quitte pas un instant, le cher homme.

— Grand-mère, commença Emily complètement désemparée, tout va bien ?

— Et comment ! Il faudrait que je sois bien difficile pour ne pas apprécier de telles vacances. Je…

A cet instant, la communication avait été coupée… et Emily s'était laissée choir sur une chaise pour ne pas tomber à la renverse ! Les murs du cottage qu'elle partageait avec sa grand-mère s'étaient brusquement mis à tournoyer autour d'elle. Lorsque le téléphone avait de nouveau sonné, elle avait manqué de le faire tomber tant sa main tremblait. Au bout du fil, une nouvelle voix lui indiquait ce qu'elle devait faire et convenait d'un rendez-vous avec elle.

Après ce deuxième appel, Emily. s'était ruée dans les toilettes pour vomir.

Olivia Bridgewater était sa seule famille. Elle avait dix-sept ans lorsque son père avait succombé dans un accident, à la mine. Un an plus tard, un cancer emportait sa mère.

A soixante-treize ans, sa grand-mère, le seul être cher qui lui restât, resplendissait de santé et de joie de vivre, même si parfois, Emily devait bien l'admettre, elle n'avait plus la notion du temps ni de l'endroit où elle se trouvait. Elle adorait sa grand-mère, elle aurait donné sa vie pour elle. Si un malheur devait lui arriver, elle ne pourrait pas le supporter.

Elle n'avait pas le choix. Elle ferait ce que ces voyous attendaient d'elle. Mais ensuite, une fois que sa grand-mère serait revenue à la maison saine et sauve, elle jurait qu'elle remuerait ciel et terre pour que ces bandits fussent arrêtés et punis.

— Ah, les voici enfin !

Arrachée à ses pensées par le cri de victoire de la couturière, Emily sentit brusquement son cœur s'emballer dans sa poitrine, tel un oiseau battant désespérément des ailes dans une volière. Sensation des plus désagréables ! Elle agrippa alors l'accoudoir du fauteuil et s'efforça de respirer calmement, par petites saccades.

— Elles seront par...

Les escarpins à la main, Dee Dee s'interrompit tout net en remarquant la pâleur d'Emily. Puis elle laissa tomber les chaussures...

— Seigneur, vous êtes blanche comme un linge ! Ne bougez pas, je vais appeler l'infirmière.

— Non ! s'écria Emily en la saisissant par le bras pour l'empêcher de mettre ses propos à exécution. Je vais bien. Vraiment, c'est juste que... que je suis un peu fatiguée.

— Oh, c'est à cause de moi, n'est-ce pas ? Je suis affreusement désolée. Je vais vous aider à vous déshabiller et à vous recoucher.

Là-dessus, Dee Dee lui retira la veste, fit glisser la fermeture Eclair de la jupe… Emily se retrouva bientôt en slip et en soutien-gorge, attendant que la couturière trouve un nouveau pyjama dans ses innombrables boîtes…

A cet instant, on frappa à la porte. Sortant la tête de ses cartons, Dee Dee annonça :

— Asseyez-vous sur le bord du lit, je vais voir qui c'est. Voilà, très bien…

Dès que la couturière eut le dos tourné, Emily se releva… Et n'eut pas le temps de faire trois pas. Un vertige la saisit et elle s'effondra parmi les boîtes ouvertes et les vêtements éparpillés.

— Emily ! s'exclama alors Dee Dee en se retournant. Vous avez… Oh, mon Dieu… !

Emily voulut alors rassurer la couturière, mais aucun son ne sortit de sa gorge. Quelques secondes plus tard, des bras puissants entouraient sa taille et la soulevaient du sol. Mâchoire crispée, Dylan la serra contre sa poitrine et déclara à l'intention de Devonna :

— Allez immédiatement prévenir Mavis !

# 4.

— Je vous en prie, Dylan, reposez-moi par terre. Je vais bien.

— Permettez-moi de penser le contraire, répondit-il sèchement. A moins que vous ne soyez en train de pratiquer une position de yoga sur le sol, entre les cartons…

Pourquoi était-il lui-même si bouleversé ? se demanda-t-il, presque irrité. La vue d'Emily dans les cartons, en sous-vêtements, les jambes repliées sous elle, avait mis ses nerfs à vif. En temps normal, jamais il ne serait entré dans la chambre d'une femme sans lui en demander l'autorisation, mais en l'occurrence, lorsqu'il avait entendu le cri poussé par la couturière, il s'était rué à l'intérieur sans se préoccuper des bonnes manières.

— Je me suis relevée trop brutalement et j'ai eu un petit vertige, précisa Emily. Mais je n'ai rien du tout, je vous assure.

Il voulait bien la croire ! Elle *n'avait* effectivement presque *rien du tout*, juste son slip et son soutien-gorge pour cacher sa pudeur. Malgré lui, son regard s'attarda sur son corps aussi lisse que la soie qu'elle portait. Des yeux, il suivit la courbe de ses pieds, petits et délicats, pour remonter bientôt le long de ses jambes longues et galbées et se fixer enfin sur la dentelle, entre ses cuisses…

54

Immédiatement, sa gorge s'assécha et une vive chaleur envahit ses veines. Ses yeux poursuivirent alors leur course sur son corps sublime et, quand ils arrivèrent au niveau de sa poitrine délicatement emprisonnée dans la soie blanche, il sentit que tout son sang affluait dans son bas-ventre.

Une fragrance de lavande émanait de la peau chaude d'Emily... Sa bouche rouge cerise était une invitation... Il dut puiser dans ses ultimes ressources pour ne pas unir ses lèvres à celles de la jeune femme. Immobile, il la tenait toujours dans ses bras, n'osant plus faire le moindre geste... Elle avait posé une main sur sa large poitrine et il aurait juré que, sous sa paume, elle entendait les battements désordonnés de son cœur.

Lorsqu'elle leva vers lui ses grands yeux vert doré, il sentit qu'il était à deux doigts d'exploser...

— Je vous emmène au lit, lui annonça-t-il alors.

A ces mots, elle ouvrit de grands yeux étonnés et son souffle se fit plus court. En dépit de la stupeur vaguement offusquée qui se peignit sur le visage d'Emily, il ne s'excusa pas pour l'ambiguïté de ses propos. Au contraire... Une fois qu'il l'eut déposée sur le lit, il effleura sa bouche avec la sienne, puis lui murmura :

— La prochaine fois que je vous dirai que je vous emmène au lit, Emily, cela signifiera bien autre chose.

— Dylan, je...

— Que se passe-t-il ? s'exclama Mavis en entrant comme une trombe dans la chambre, Dee Dee sur les talons. Poussez-vous, laissez-moi l'examiner.

Dylan se recula immédiatement non sans noter que, dans les yeux d'Emily, l'anxiété avait succédé à l'excitation...

— Je vais bien, je vous assure, vous n'avez pas besoin de...

— Mademoiselle Demetrius ! s'écria alors l'infirmière d'un ton indigné. Trouvez sur-le-champ un peignoir à Mlle Emily.

A ces mots, Dee Dee se précipita sur ses cartons pendant que Mavis prenait le pouls d'Emily. Et lorsque Sally entra à son tour dans la chambre, la pièce se mit à ressembler à une véritable ruche en activité. Emily eut beau protester qu'elle allait bien, aucune des trois femmes ne voulut l'écouter. L'une redonnait du gonflant à ses oreillers, l'autre l'éventait et enfin une troisième lui fit boire un verre d'eau.

Dylan était parfaitement conscient qu'il aurait dû quitter le gynécée. Il n'était pas du tout à sa place dans la chambre d'Emily alors que le personnel féminin s'affairait autour d'elle. *Elle n'était pas sa femme, ni même sa maîtresse !*

Et pourtant…

Jusqu'à présent, Dylan n'avait jamais eu de problème pour prendre une décision. Très jeune, il avait été en mesure d'évaluer une personne ou une situation et d'adopter les mesures qui s'imposaient. Au fil des années, il avait affiné cette aptitude — et notamment durant son séjour en Borovkia. Sa mission au sein de Graystroke l'avait conduit à prendre des résolutions en quelques secondes. Souvent, il s'agissait d'une question de vie ou de mort. Parfois, son choix n'avait pas été le bon, mais la vie comportait des risques et il acceptait ses erreurs, tâchant d'en tenir compte pour le futur.

Il se pouvait fort bien qu'Emily représentât l'un de ses risques, l'une de ses erreurs. Peu importe ! Sa décision était prise ! Il la voulait.

*Et il l'aurait !*

De toute évidence, elle aussi était attirée par lui, même si elle n'avait pas flirté ouvertement avec lui comme c'était souvent le cas des femmes qu'il côtoyait. Au contraire, elle s'était efforcée de dissimuler l'intérêt qu'elle ressentait — au point qu'il l'avait crue tout d'abord timorée. Mais, quand il l'avait tenue tremblante entre ses bras et qu'il avait planté son regard dans le sien, il y avait reconnu l'empreinte du désir.

Pourtant, il ignorait tout d'elle, ce qui aurait dû le pousser à maintenir une distance entre eux. Ce qu'il savait, en revanche, c'était que, sous la surface, couvait quelque chose. Quoi ? Il n'en avait pas la moindre idée… Oh, il ne la soupçonnait pas de lui mentir, non, mais d'éviter la vérité. Aussi restait-il quelque peu circonspect, sans pour autant renoncer à ses projets. D'ailleurs le mystère qui entourait la jeune femme ajoutait encore à l'attrait qu'elle exerçait sur lui. Cette incertitude constituait une sorte de défi qui excitait bien plus que sa curiosité…

— Je vous en prie ! s'écria brusquement Emily en s'asseyant sur son lit. Laissez-moi. *Je vais bien !*

Mais les autres femmes ne parurent pas l'entendre. Dee Dee avait enfin mis la main sur un pyjama de soie blanche qu'elle était en train de déplier, Sally tentait pour sa part d'attacher l'épaisse chevelure d'Emily ; quant à Mavis, elle lui prenait la tension.

Alors, désespérée, Emily chercha le regard de Dylan… Il était sur le point de s'avancer vers elle lorsqu'une autre voix — une voix féminine et familière — l'arrêta net.

— Pour l'amour du ciel, que se passe-t-il dans cette chambre ?

Toutes les têtes se tournèrent vers la porte et chacun s'immobilisa. Quant à Emily, après s'être tordu le cou pour distinguer le visage de la nouvelle visiteuse — la silhouette massive de Mavis lui bouchant la vue —, elle s'arrêta tout simplement de respirer…

*La reine Marissa en personne se tenait sur le seuil de sa chambre !*

Elle était d'une beauté aussi époustouflante au naturel qu'en photo ou à la télévision. Elle avait les yeux bleu perçant — dont Dylan possédait d'ailleurs l'exacte réplique —, et bien qu'elle approchât la cinquantaine, elle en paraissait presque dix de moins. Sa silhouette était fine et élancée, et il émanait d'elle une distinction rare. Elle portait un élégant tailleur bleu marine, orné d'un superbe foulard chamarré.

Dylan inclina respectueusement la tête devant sa mère tandis que les autres femmes, Mavis y compris, effectuaient une rapide révérence.

Emily posa sa main sur sa gorge. Elle ne s'était déjà pas remise du bref baiser de Dylan, et voilà qu'à présent, la reine, *la reine Marissa*, se trouvait dans sa chambre ! Elle ignorait absolument la façon dont elle devait se comporter... Sans doute devait-elle se lever pour faire elle aussi une révérence ? Comme elle s'apprêtait à sortir du lit, la reine l'en dissuada d'un geste.

— Restez allongée, ma chère enfant, lui dit Marissa, avant de se retourner vers les autres femmes et d'ajouter : Sortez, je vous prie.

Celles-ci s'exécutèrent promptement. Restée seule avec la mère et le fils, Emily sentit une goutte de sueur perler sur l'ourlet de sa lèvre supérieure. Jamais de sa vie elle n'avait envisagé de se retrouver devant la reine. L'énormité de la situation la laissait sans voix.

— Mère, commença Dylan, puis-je vous présenter Emily ?

Son ton était des plus formels, pensa Emily, qui l'entendit poursuivre :

— Voici donc Emily, mère. Emily, je vous présente la reine Marissa Penwyck.

— Je..., balbutia la jeune femme profondément gênée, avant de baisser les paupières et de prononcer d'une traite : Je suis fort honorée de vous rencontrer, Votre Majesté.

— Merci, fit Marissa en s'approchant du lit. Eh bien, comment vous sentez-vous ce matin ?

— Bien mieux, merci, répondit Emily en résistant à la violente tentation de s'enfuir sous les couvertures.

Si Mavis lui avait pris le pouls à cet instant précis, nul doute qu'elle aurait insisté pour envoyer dare-dare sa patiente aux urgences ! En un ultime effort, Emily ajouta :

— Vous avez été si aimable de m'offrir le gîte.

— Nous pouvions difficilement vous laisser sur le bas-côté de la chaussée, Emily. Notamment après que la limousine du palais vous eut renversée ! Il était tout à fait normal que nous vous soignions ici.

— Merci, Votre Majesté, mais en l'occurrence, c'est moi qui suis à blâmer. J'ai été fort imprudente.

— Savez-vous qu'il est inconvenant de contredire la reine ? fit Marissa en sourcillant.

— Oh, je... je suis navrée.

— Elle vous taquine, Emily, précisa gentiment Dylan. Il arrive à la reine d'exercer son sens de l'humour.

— Avec trois filles, deux fils et un époux comme le roi Morgan, on ne survit pas sans humour, répondit Marissa à l'intention de son fils. Le prince peut en faire preuve lui aussi, de temps à autre. Demandez-lui de vous parler de la grenouille sur la tête de laquelle il avait attaché une minuscule couronne en or et qu'il avait déposée sur le bureau du roi...

L'amour qui unissait la mère et le fils était manifeste, pensa Emily en les regardant tour à tour. Et immanquablement, cette affection lui rappela la complicité qui la liait à sa grand-mère... Certes, les ravisseurs lui avaient assuré qu'ils ne feraient aucun mal à la vieille dame. Néanmoins elle ne pouvait s'empêcher de nourrir de terribles craintes.

Elle se détestait pour son imposture au palais, mais dans la mesure où la vie de l'être qu'elle chérissait le plus au monde était en danger, que pouvait-elle faire d'autre qu'obéir aux ignobles individus qui retenaient sa grand-mère en otage ? Elle était *obligée* de jouer le jeu.

— Je suis navrée des ennuis de santé qui affectent le roi, déclara-t-elle. J'espère néanmoins qu'il va mieux.

— Oui, oui, il est hors de danger, merci, répondit la reine. Il a sermonné le médecin ce matin, ce qui est le signe qu'il est sur la voie de la guérison.

Se tournant alors vers son fils, elle lui demanda :

— Dînerez-vous avec nous ?

Dylan secoua la tête.

— Je crains que non. Nous devons finaliser les détails de l'alliance avec Drogheda et Marjorco, ce soir. Owen doit rencontrer les ambassadeurs à Drogheda, demain.

— Ne l'accompagnez-vous donc pas ?

— C'est inutile ! D'ailleurs, Owen et moi avons décidé qu'il était préférable que l'un de nous reste sur l'île.

— Peut-être avez-vous raison, après tout ! conclut Marissa.

Emily nota alors une légère anxiété dans l'expression de la reine, une petite hésitation dans sa voix. Mais cette dernière avait retrouvé toute son assurance lorsqu'elle annonça :

— Je prierai Boudreau de vous réserver une part de terrine. Bonne nuit, mon fils.

Puis, se tournant vers Emily, elle ajouta :

— Prenez soin de vous, ma chère. Et n'hésitez pas à appeler en cas de besoin.

Priant pour que ses yeux ne reflètent pas le sentiment de culpabilité qui lui déchirait le cœur, Emily baissa respectueusement les paupières en répondant :

— Merci, Votre Altesse royale.

— Si demain vous vous sentez mieux, peut-être pourrez-vous visiter le palais, dit encore Marissa. La princesse Megan ou bien la princesse Meredith vous serviront de guide.

*Assez !* pensa Emily, le cœur meurtri. Par pitié, que l'on cesse immédiatement d'être si attentionné envers elle ! Mais elle se contenta de répondre sur un ton timide :

— Oh, je ne veux pas vous déranger…

— Nous déranger ? Quelle idée ! fit Marissa d'un air souverain.

Là-dessus, elle pivota sur ses talons, et sortit majestueusement de la chambre, le menton relevé, un petit sourire de satisfaction sur le visage.

Emily la regarda sortir, clignant des yeux pour apaiser la brûlure des larmes qu'elle s'efforçait de refouler. Instinctivement, elle toucha sa bague. Une bague que sa grand-mère lui avait donnée.

« Je peux le faire, s'encouragea-t-elle. Je le ferai. »

— Tout va bien, Emily ? demanda Dylan.

Elle tressaillit en entendant l'inflexion inquiète de sa voix. Sa gentillesse et celle de son entourage représentaient une menace pour la triste mission qu'elle se *devait* d'accomplir ! Désespérée, elle s'adossa aux oreillers et baissa les paupières, effrayée à l'idée qu'il plante ses yeux dans les siens. Car alors, ce serait sa perte, et celle de sa grand-mère.

— La journée a été longue, lui dit-elle d'une voix lasse.

— Je comprends, je vais vous laisser.

A ces mots, Dylan s'approcha d'elle et elle sentit son pouls battre comme un papillon affolé. Quand il se pencha vers elle, toute la chaleur de son corps l'enveloppa. Le bref baiser qu'il lui avait donné tout à l'heure lui revint à la mémoire comme un boome-rang… Un bien léger effleurement pourtant, mais qui avait embrasé ses sens.

*« La prochaine fois que je vous dirai que je vous emmène au lit, Emily, cela signifiera bien autre chose. »*

Ces paroles résonnaient à l'envi dans son cerveau. Et elle savait qu'elle n'aurait pas l'énergie de lui résister si cette fois il l'embrassait de nouveau. Elle avait tellement besoin d'être consolée ! Au fond, ne devait-elle pas se réjouir qu'il lui manifeste de l'intérêt ? N'était-ce pas précisément la mission qu'on lui avait assignée : le séduire pour mieux l'abuser ?

Dylan la borda, puis il se pencha vers elle… pour lui murmurer dans le creux de l'oreille :

— Dormez bien, Emily. J'ai hâte que vous soyez remise…

Le souffle de Dylan sur sa peau, le sous-entendu de ses ultimes propos la firent frissonner… Elle ferma les paupières dans l'espoir vain de ne plus rien voir, ne plus rien sentir.

Ouf ! Il venait de refermer la porte derrière lui… Elle put enfin laisser libre cours à ses larmes. Des larmes de colère, de frustration et de culpabilité…

Très bien ! Elle ferait ce que ces scélérats attendaient d'elle, mais il n'était écrit nulle part qu'elle n'avait pas le droit de les maudire et de leur souhaiter de brûler pour l'éternité dans les flammes de l'enfer !


Autour de la longue table de conférence en acajou, une vingtaine d'hommes avaient pris place. Il s'agissait des principaux responsables du SRR, le Service de renseignements royaux, et des CRE. Owen et Dylan présidaient l'assemblée, chacun à une extrémité de la table.

Des peintures à l'huile de leurs dignes ancêtres — des rois, des ducs ou encore des premiers ministres — étaient accrochées aux murs couleur ivoire.

Un verre de cristal rempli d'eau minérale avait été placé devant chaque participant, mais tous avaient définitivement opté pour le café, comme l'indiquaient les cafetières d'argent vides, au milieu de la table. On avait permis aux domestiques d'accéder à la salle de réunion pour venir remplir les cafetières et servir des petits-fours salés.

En raison des événements qui étaient survenus au palais ces derniers temps — notamment l'enlèvement d'Owen et le crash du jet d'Anastasia dont elle était miraculeusement sortie indemne —, la prudence s'imposait. Et bien que le palais vînt récemment de fêter la signature d'un traité avec les Etats-Unis, les deux principautés de Drogheda et de Marjorco chinoisaient encore sur certains détails du pacte.

Se pinçant entre le pouce et l'index l'arête du nez, Dylan écoutait le chef de la Marine royale de Penwyck — l'amiral Monteque — discourir sur la façon de régler les différends concernant les eaux internationales, thème qu'Owen devait aborder le lendemain avec les ambassadeurs de Drogheda et de Marjorco. Si tout se passait bien, les alliances avec les principautés seraient signées à la fin du mois.

Lorsque l'amiral eut terminé son discours, Owen se leva et déclara :

— Messieurs, je crois que nous avons abordé toutes les questions à l'ordre du jour. Je vous remercie de votre présence, ici, ce soir. Mon père, dont la convalescence se déroule bien, m'a chargé de vous transmettre ses meilleures salutations.

A cette annonce, l'assemblée éclata en applaudissements. C'était avec une grande impatience que l'on attendait le retour du roi à la tête des affaires de l'île. Car l'intérim assuré par Broderick avait mené Penwyck au bord de l'anarchie !

Heureusement qu'il avait été démis de ses fonctions deux semaines plus tôt ! Peu à peu, le palais retrouvait l'ordre qui le caractérisait.

Curieusement, Broderick avait disparu... Etait-il encore sur l'île ? On l'ignorait.

La rumeur courait qu'il était d'intelligence avec une redoutable organisation qui menaçait la monarchie. Certains allaient même jusqu'à prétendre qu'il était le chef de cette organisation. Néanmoins, aucune preuve sérieuse n'avait pu jusque-là être avancée. S'il était difficile de croire que Broderick pût avoir des liens avec les terroristes, Dylan savait pourtant que cette possibilité n'était malheureusement pas à exclure. Il était notoire que Broderick jalousait Morgan pour le pouvoir qu'il exerçait depuis trente ans sur Penwyck. En conséquence, il se pouvait fort bien que, par dépit et amertume, il eût rejoint cette maudite organisation. La soif de pouvoir pouvait mener à tout, hélas !

Si sa complicité était un jour établie, nul doute que Broderick serait sévèrement puni. Il n'y aurait ni grâce ni pitié.

— Pardonnez-moi, Votre Altesse, fit soudain Pierceson Prescott en s'approchant de Dylan alors que la salle de conférences se vidait. Puis-je vous entretenir en tête à tête ?

— Assurément, répondit Dylan.

— Vous m'avez chargé d'enquêter sur la jeune femme que votre limousine a renversée.

— Sur Emily, oui, approuva promptement Dylan.

— Il semblerait qu'Emily soit son véritable nom, indiqua alors Pierceson. Elle avait loué sa bicyclette dans le village le plus proche du lieu de l'accident, à un certain Joseph Wellman. Elle a rempli un vague formulaire dans lequel elle s'engageait à rapporter la bicyclette.

A ces mots, le cœur de Dylan fit un bond dans sa poitrine. Regardant son subordonné d'un œil perçant, il demanda, tendu :

— *Et ?*

— C'est bien cela le problème, il n'y a pas de *et*. En guise de signature, elle a simplement écrit son prénom au bas du formulaire, a payé en espèces et était seule lorsqu'elle a emprunté le vélo. Elle a précisé au loueur de bicyclettes qu'elle voulait visiter la région et qu'elle lui rapporterait le vélo dans quelques heures.

— Hum… ! Et c'est tout ?

— Non ! Comme Emily plaisait beaucoup au vendeur, il a engagé la conversation en lui demandant si son mari ne se joignait pas à elle pour la promenade. Elle aurait alors répondu que non, car elle n'était pas mariée. J'ai envoyé des hommes vérifier les auberges et les hôtels environnants pour savoir si l'on a vu une femme correspondant à sa description.

*Donc, elle n'était pas mariée !*

Un vif soulagement s'empara de Dylan, bientôt suivi d'une pure bouffée de plaisir. Le tout en s'efforçant de conserver un visage impassible face à Pierceson qui lui précisait le détail des procédures concernant l'investigation.

En dépit de cette nouvelle information, la délicieuse Emily n'en restait pas moins un mystère total, pensa Dylan, méditatif.

65

# 5.

C'était une chose d'entendre parler de la richesse et de son cortège de privilèges, pensa Emily en écoutant le bavardage incessant de Sally. Les bijoux, les domestiques, les vêtements haute couture… C'en était une autre d'être brusquement projetée dans un monde où la plupart des gens ne faisaient que rêver. En d'autres termes, c'était à la fois fabuleux et terrifiant. Tournant sur elle-même, Emily admira son reflet dans le miroir : elle se reconnaissait à peine dans ce chemisier de soie blanc et noir signé Dolce Gabanna et ce pantalon en chevron, tout droit sorti des ateliers Dior.

Et comme si cela ne suffisait pas, Dee Dee avait insisté pour qu'elle mette, quand elle sortirait, un cardigan en cashmere rouge. Ce qu'elle gagnait en une semaine à l'école élémentaire de West County n'aurait certainement pas suffi à payer ce luxueux gilet. Et nul doute que l'ensemble de sa tenue, y compris les escarpins italiens, représentait l'équivalent d'un salaire d'Emily.

En soupirant, elle s'assit sur le lit. Comme les frimousses de ses dix-huit élèves lui manquaient ! La petite Darrin Donaldson, avec sa crinière rousse et ses éternelles questions, Edwina Barron et sa queue-de-cheval toujours impeccable, Molly Gibson dont le rire contagieux perturbait régulièrement les cours… Elle espérait qu'on lui avait trouvé une remplaçante pour les deux semaines à venir. Ensuite, ce serait les vacances d'automne et, à la rentrée, Emily comptait bien être de retour.

A moins que les choses ne dégénèrent, de son côté…

A cette pensée, le poids qui lui pesait déjà sur l'estomac se fit encore plus lourd. Même si elle obtempérait à tous les ordres de ces sinistres individus, même si elle leur fournissait toutes les informations qu'elle était censée se procurer au palais, comment pouvait-elle avoir l'assurance qu'en fin de compte, ils ne les tueraient pas, elle et sa grand-mère ?

Cette incertitude était encore la plus terrible. Car comment faire confiance à des voyous ? Pourtant, elle voulait encore croire qu'ils ne s'en prendraient pas à sa grand-mère si elle se pliait exactement à leurs exigences !

A bien y réfléchir, d'ailleurs, elle aussi commettait un grave délit, et elle ne pourrait jamais les dénoncer, au risque d'aller elle-même en prison, étant donné qu'ils avaient fait d'elle leur complice. Brusquement, son cœur se serra : qui prendrait soin de sa grand-mère, si elle se retrouvait derrière les verrous ? La vue d'Olivia n'était plus très bonne, et baissait chaque année un peu plus. En outre, il arrivait qu'elle oublie ses médicaments contre la tension artérielle.

Mon Dieu, c'était horrible ! Pourquoi, *pourquoi* devait-elle subir une pareille épreuve ? Elle avait soudain l'impression d'étouffer… Elle aspira une large bouffée d'air et tâcha de se calmer en pensant à la petite cassette qu'elle possédait. C'était son dernier espoir !

Le jour où elle avait reçu le coup de fil fatidique, son répondeur s'était déclenché au moment où elle avait décroché le combiné, car elle avait tardé à répondre. Par conséquent, toute la conversation avec le monstrueux Frederick avait été enregistrée et se trouvait sur une mini cassette qu'Emily avait soigneusement mise en sécurité. Evidemment, cela ne l'empêcherait pas d'aller en prison si les choses tournaient mal, mais la cassette lui permettrait toujours d'exercer une pression sur ces maudits individus. Cet enregistrement, c'était son ultime atout. Et le talon d'Achille des ravisseurs. Ainsi, si ces derniers ne voulaient pas délivrer sa grand-mère après qu'elle eut rempli sa mission, elle abattrait sa dernière carte en leur révélant l'existence de la cassette.

Bon, à présent, elle devait se concentrer sur la raison de sa présence au palais et sur la *mission* qu'on lui avait assignée. Ce qui n'était pas une tâche aisée, étant donné qu'elle ne cessait de penser à Dylan.

Toute la nuit, elle s'était tournée et retournée dans son lit, incapable de trouver le sommeil. Rongée par la culpabilité, certes — mais également hantée par le souvenir de la bouche de Dylan sur la sienne, la sensation de son corps musclé lorsqu'il l'avait tenue dans ses bras. Le vif éclair de la passion lorsqu'il avait planté ses yeux dans les siens… Elle avait dû somnoler deux heures en tout et pour tout, et durant ces deux malheureuses heures de sommeil, le regard de Dylan l'avait poursuivie. Et plus encore…

Oui, elle avait rêvé qu'il l'embrassait, puis se couchait près d'elle. Elle avait cru sentir sa peau contre la sienne, ses mains viriles courir sur son corps éperdu de désir… Allongé sur elle, il avait cherché son regard et, dans ses yeux, elle avait lu le désir à l'état brut… Puis il avait glissé une jambe musclée entre ses genoux… Alors elle s'était agrippée à ses épaules, impatiente qu'il la possède.

Hélas ! Brusquement, la colère s'était substituée au désir dans les prunelles de Dylan. Soudain, dans le rêve, il s'était retrouvé près de la fenêtre. Le regard sombre et sévère, il désignait d'une main implacable un homme vêtu d'une cape noire, à l'extérieur. Un homme destiné à la potence dressée dans la cour du palais.

Alors elle s'était réveillée en sueur, le cœur tambourinant à cent à l'heure dans sa poitrine. Seigneur, était-ce une prémonition ? Quel affreux cauchemar… ! Etait-elle destinée à échouer ?

Impossible ensuite de se rendormir. Et la peur ne l'avait plus lâchée jusqu'au petit matin…

Le coup énergique frappé à la porte de sa chambre la fit soudain sursauter. Sally émergea immédiatement du dressing pour aller ouvrir.

Juste avant qu'elle ne s'endorme, hier, on lui avait remis un billet de la princesse Meredith, qui lui annonçait qu'elle se réjouissait de lui faire visiter le palais et qu'elle viendrait la chercher à 10 heures du matin, dans sa chambre. Emily avait été nerveuse toute la matinée. Elle n'était pas là pour faire du tourisme ! Elle avait une mission à accomplir.

Devait-elle feindre une migraine ?

Non, trancha-t-elle soudain. Elle avait suffisamment menti jusqu'à présent, inutile d'ajouter encore un mensonge à sa longue liste. En outre, elle ressentait le besoin de prendre l'air. Pour avoir été sciemment provoqué, son accident n'en demeurait pas moins un accident et elle avait subi un choc ! En outre, cette promenade lui permettrait de se familiariser avec les lieux, de procéder à un repérage qui lui serait utile lorsqu'elle passerait à l'action.

L'estomac noué, Emily se leva immédiatement du fauteuil dans lequel elle s'était assise pour méditer. Elle s'était enquise auprès de Sally de la façon dont on devait saluer une princesse et elle espérait seulement ne pas trébucher en faisant la révérence devant elle.

Surprise ! Lorsque Sally ouvrit la porte, ce n'était pas la princesse Meredith… mais Dylan qui se tenait sur le seuil ! Sally s'inclina et s'effaça devant lui pour le laisser passer.

— Votre Altesse, lui dit-elle respectueusement.

— Bonjour, Sally, répondit simplement Dylan.

Que devait-elle faire ? se demanda Emily en sentant son cœur s'affoler. Une révérence ? Allez ! Sans plus tergiverser, elle sacrifia au protocole. Sa révérence fut-elle réglementaire ? Elle l'ignora mais toujours est-il qu'elle se releva sans perdre l'équilibre. Ouf, c'était déjà ça !

Se tournant vers Sally, Dylan déclara alors :

— J'ai croisé Ryan O'Connor dans les jardins, ce matin. Il taillait les rosiers de la reine. Il m'a demandé de vos nouvelles.

Un sourire de plaisir évident illumina alors le visage de la jeune Sally, mais très vite elle se ressaisit.

— Oh, fit-elle d'un air ingénu, vraiment ? Ry... M. O'Connor vous a parlé de moi ?

— Absolument. Il était soucieux car il ne vous a pas vue depuis plusieurs jours. Il craignait que vous ne fussiez malade.

— Vraiment ? Il pensait que j'étais malade ? fit-elle, rêveuse...

*Avant de se rappeler où et devant qui elle se trouvait !*

Les joues en feu, elle ajouta alors en balbutiant :

— C'est-à-dire que... je m'occupais de Mlle Emily.

— Il paraissait fort soucieux, poursuivit Dylan. Si j'étais vous, j'irais le rassurer.

— Maintenant ? fit la jeune domestique, fort surprise que le prince lui fît une telle suggestion. Mais ma place est ici, auprès de Mlle Emily et non dans les jardins...

— Si quelqu'un vous demande des comptes, trancha alors Dylan, envoyez-le-moi !

Un ordre royal ne se discutait pas, n'est-ce pas ? Surtout quand c'était un ordre si plaisant ! Une lueur d'excitation traversa les prunelles de Sally, qui fit une brève révérence en murmurant :

70

— Entendu, Votre Altesse royale.

Emily attendit que la domestique fût sortie de la pièce avant de demander d'un air amusé :

— Votre Altesse royale jouait-il les entremetteurs ?

— Certainement pas, fit Dylan outré qu'on le soupçonnât d'une intention si ridicule. Il se trouve que Ryan est tellement préoccupé par Sally qu'il va finir par saccager les rosiers de la reine. Je souhaite tout simplement éviter un scandale domestique…

Pas mal ! pensa Emily. Le prince avait le sens de la repartie. Soudain, elle surprit son regard sur elle et l'entendit ajouter :

— A présent que nous sommes seuls, Emily, appelez-moi simplement Dylan. Combien de fois devrais-je vous le rappeler ?

L'intensité de son regard, le ton suggestif de sa voix firent courir un frisson d'électricité dans le dos de la jeune femme.

*« Appelez-moi simplement Dylan. »*

Simplement…, pensa-t-elle avec dérision. Mais rien n'était simple chez cet homme ! Et ce n'était certainement pas à elle de lui rappeler que le protocole aurait exigé un chaperon !

Aujourd'hui, il était vêtu de façon bien plus décontractée. Une veste en tweed de coupe sport sur un polo bleu clair et un pantalon foncé, en velours ras. Avec ses cheveux bruns et son regard farouche, il émanait de lui une bien troublante masculinité. Davantage, se corrigea-t-elle. *Un érotisme à fleur de peau !* Quelle femme n'aurait pas pensé, en le regardant, à des draps froissés, de longs baisers brûlants et des mots murmurés sur un ton urgent, au creux de la nuit ?

Soudain, la température lui parut monter d'un cran, l'air devint plus lourd, la chambre plus petite…

— Je... En réalité, j'attendais la princesse Meredith, parvint-elle enfin à dire. Elle m'a envoyé un billet hier soir pour m'indiquer qu'elle serait là à 10 heures.

— La princesse vous présente toutes ses excuses et vous envoie ses meilleures pensées. Il se trouve qu'elle est enceinte de sept mois et que cette nuit son enfant semble avoir joué une partie de rugby acharnée, dans laquelle il était sur tous les fronts.

Sa formule imagée la fit sourire... et réfléchir. Quel effet cela ferait-il de sentir un enfant grandir en soi ? Peut-être ne connaîtrait-elle jamais cette joie, se dit-elle brusquement, le cœur déchiré. Car si elle était arrêtée pour complicité, il se pouvait fort bien qu'elle passât le restant de ses jours en prison...

Allons, elle devait cesser de spéculer sur les horribles conséquences que sa duperie pourrait entraîner. *Ce qui était d'actualité, c'était de se concentrer sur Dylan et la conversation !*

— Je suis désolée pour votre sœur. Va-t-elle mieux ce matin ?

— Oui, le médecin l'a examinée et l'a rassurée. Le fœtus se porte lui aussi à merveille. Néanmoins, elle doit se reposer et garder le lit. Ce sont des bonnes nouvelles, n'est-ce pas ? Et pour tout le monde...

Elle préféra ignorer les sous-entendus que contenaient ses propos. Pourtant, malgré elle, sa respiration se fit plus haletante. Dès qu'elle le sentait à proximité, son corps s'emballait et toute pensée cohérente lui échappait... D'ailleurs, un faux pas et elle tombait sur le lit ! Non, décidément, cette chambre n'était pas un endroit approprié pour demeurer en compagnie d'un homme dont le regard lui disait clairement qu'il n'avait qu'une envie : se glisser entre les draps avec elle !

Sans prévenir, Dylan la prit soudain par le menton. Elle retint un cri… La forçant à soutenir son regard, il la jaugea d'un œil inquisiteur.

— Souffrez-vous encore beaucoup ? demanda-t-il d'une voix douce, en contraste avec son regard.

Puis, imperceptiblement, il se mit à caresser la joue d'Emily.

— Je vais bien mieux, lui annonça-t-elle quand elle recouvra l'usage de la parole.

Elle n'osait pas bouger d'un pouce et s'efforçait de respirer calmement, expirant avec une lenteur calculée chaque bouffée d'air qui entrait dans ses poumons. Ses nerfs étaient chauffés à blanc, chaque cellule de son corps palpitait. Dans l'attente, l'anticipation…

— Effectivement, approuva-t-il, l'ecchymose a pratiquement disparu.

— C'est la glace.

— Pardon ?

— Oui, Mavis m'en a appliqué des quantités incroyables sur le visage. Je m'étonne encore de ne pas m'être transformée en stalagmite.

A ces mots, un sourire fendit la bouche de Dylan. Elle, une statue de glace ? Ce n'était pas vraiment la première image qui lui serait venue à l'esprit !

— Rassurez-vous, votre peau est toute chaude, Emily. Et si douce.

Il n'y avait pas que sa peau qui était chaude, pensa-t-elle alors alarmée. La proximité de Dylan, sa main sur son menton, le timbre profond de sa voix et l'intensité de son regard la faisaient littéralement fondre.

— Merci, dit-elle dans un souffle.

Leurs regards étaient toujours enchaînés, et elle vit ses prunelles virer au bleu foncé.

— Prête ? murmura-t-il.

Son cœur cessa subitement de battre... pour se mettre bientôt à cogner comme un fou dans sa poitrine. Eh bien, quoi ? N'était-ce pas précisément pour cela qu'elle était ici ? Pour approcher Dylan et gagner sa confiance, quels que soient les moyens nécessaires ?

*Prête ?*

Sa voix, sa caresse l'avaient déjà séduite. Oh, oui, elle était prête pour lui, alors qu'elle n'avait nul droit d'attendre quoi que ce soit du prince Dylan. Et elle tremblait de désir, alors qu'elle avait désespérément besoin de garder la tête froide.

Était-ce donc pour cette raison qu'il avait renvoyé Sally ? Pour qu'ils se retrouvent en tête à tête dans la chambre ?

— Je... Euh... Prête pour quoi ?

— Mais pour aller visiter le palais, répondit-il avec un grand sourire malicieux, peu dupe du quiproquo et de la confusion de la jeune femme. Nous commencerons pas le hall d'entrée et la salle de bal.

Parfait ! pensa Emily soulagée. Il lui demandait si elle était prête à faire la visite du propriétaire avec lui — *et non à se mettre au lit avec lui !* A cette ultime pensée, ses joues s'empourprèrent et, s'éclaircissant la gorge, elle demanda :

— Vous... vous voulez me faire visiter le palais ?

— Ce sont précisément mes intentions, confirma-t-il avant d'ajouter, d'une voix de velours : A moins que vous ne préfériez faire autre chose...

— Non ! s'empressa-t-elle de répondre. Non, enfin, je veux dire... Je suis ravie de faire cela avec vous.

Et, comme il sourcillait devant ses propos un peu confus, elle précisa :

— Je suis heureuse que vous acceptiez de me servir de guide ! Néanmoins, étant donné les occupations liées à votre rang et à votre fonction, je ne voudrais pas abuser de votre précieux temps.

— Tant que mon frère Owen n'est pas revenu de Drogheda, je n'ai pas de réunion en vue. Et mon seul rendez-vous aura lieu en fin d'après-midi. Ce matin, je me suis levé de bonne heure et j'ai rempli toutes mes tâches *princières*, fit-il d'un ton malicieux.

Il la taquinait, elle le savait. Néanmoins, elle ne parvenait pas à croire sérieusement que c'était lui qui allait lui servir de guide. Devant ses hésitations, il déclara :

— Si vraiment vous n'avez pas envie de vous promener, nous pouvons aussi bien rester dans votre chambre.

Ce disant, il ramena tout naturellement derrière l'oreille d'Emily une mèche qui s'était échappée de son chignon…

Oh, mon Dieu ! Surtout ne pas perdre la tête…

« Nous pouvons aussi bien rester dans votre chambre », avait-il dit. Pas vous, *nous*…

Il était urgent qu'elle sorte de cette pièce, qu'elle s'éloigne de ce maudit lit ! Elle devait absolument mettre un peu de distance entre eux afin d'être en mesure de réfléchir. Dès l'instant où ils seraient dans un endroit moins intime, où d'autres personnes allaient et venaient — donc pouvaient les voir —, il ne la toucherait plus comme il le faisait en privé. *Il ne lui lancerait plus des regards langoureux comme s'il voulait la dévorer !*

Oui, s'ils étaient dans un lieu public, elle ne souhaiterait plus aussi désespérément qu'il lui fasse toutes ces choses merveilleuses et excitantes que ses caresses et ses yeux promettaient.

— Alors ? Nous sortons ? demanda-t-il tandis que, du bout des doigts, il effleurait sa nuque. Ou nous restons… ?

Elle fit brusquement un pas en arrière et annonça :

— Laissez-moi prendre mon chandail.

Cela faisait une éternité que Dylan n'avait pas visité le palais par le truchement d'un regard extérieur — en l'occurrence celui d'Emily. Il ressentait à la fois de l'orgueil et de la joie à la voir s'émerveiller devant les splendeurs de la demeure. Ils avaient commencé par la galerie des portraits, dans la partie arrière du palais, qui comportait les peintúres à l'huile de tous ses ancêtres. Puis ils avaient poursuivi par les salles de jeux et de théâtre, avant de se diriger vers l'aile privée de la famille Penwyck et la partie avant du palais.

Il s'amusait des étoiles de surprise qui s'allumaient à chaque instant dans les prunelles émeraude de la charmante Emily. Et ne put s'empêcher de rire gentiment lorsqu'elle poussa un petit cri en découvrant, du balcon, l'énorme salle de bal.

Lui, il avait grandi dans l'opulence ! L'élégance des lieux allait de soi pour lui, c'était une donnée qui faisait partie de la normalité — ou plus exactement de *sa* normalité, rectifia-t-il. Car il avait bien conscience que le palais n'était pas à proprement parler un endroit *ordinaire*…

Il avait eu une enfance protégée, avec répétiteurs, gouvernantes et chauffeurs. La seule obligation à laquelle il n'avait cependant jamais pu s'habituer, c'étaient les gardes du corps. Il détestait être suivi ou observé à chaque seconde de la journée. Enfant, il n'avait de cesse qu'il n'ait trouvé des stratagèmes pour échapper à la vigilance des yeux inquisiteurs de ces cerbères. Un mal hélas nécessaire, pensait-il aujourd'hui. Pourtant, à l'époque, il avait donné plus d'une fois du fil à retordre à ses parents, en cherchant perpétuellement à transgresser les règles.

Son indiscipline ne l'avait toutefois nullement empêché de faire des études brillantes. Il avait passé le baccalauréat à dix-sept ans, et avait ensuite intégré Oxford. Frais émoulu de cette prestigieuse université, il avait alors travaillé comme chargé d'affaires de Penwyck auprès de l'Europe.

*Et puis il en avait eu assez !*

A la grande fureur du roi Morgan, il avait décidé d'abandonner son poste. A l'âge de vingt-trois ans, il désirait découvrir le monde et ne pas s'enfermer dans une carrière toute tracée. Jusque-là, sa vie avait été bien trop structurée, bien trop protégée.

Il voulait, il avait *besoin* de danger !

Sa collaboration avec Graystroke l'avait largement comblé de ce côté-là ! En outre, pour la première fois de sa vie, non seulement il jouissait enfin de l'anonymat le plus total grâce à sa nouvelle apparence et sa fausse identité, mais il savourait les délices de la liberté.

A présent qu'il avait connu la liberté, qu'il avait vécu dans des pays où, pour des raisons bien différentes des siennes, les gens n'en bénéficiaient pas, il savait combien elle était précieuse. Il avait enfin compris à quel point il était important de servir son propre pays et désormais il se faisait un honneur — et non plus une obligation — de servir le peuple de Penwyck.

— Dylan, c'est splendide ! s'écria Emily d'une voix intimidée en se penchant prudemment au-dessus du balcon. Et les escaliers sont réellement grandioses !

Il se tenait à son côté, les mains sagement nouées dans le dos. Alors, se rapprochant d'elle sous prétexte de mieux admirer les escaliers, il précisa :

— Mon frère Owen et moi, quand nous étions enfants, adorions glisser sur les balustrades — en dépit des cris épouvantés de nos gouvernantes !

A ces mots, elle lui jeta un regard en coin étonné.

— Vous étiez donc des enfants si normaux ?

Curieuse coïncidence que lui aussi, quelques minutes auparavant, se fût interrogé là-dessus. Néanmoins, le ton

malicieux d'Emily ne lui échappa pas. Relevant le menton
d'un air de défi, il demanda dans un demi-sourire :

— Seriez-vous en train d'insinuer qu'à présent je ne suis
plus *normal* ?

Elle se mit à rire.

— Non, je veux simplement dire que les enfants parvien-
nent toujours à faire des bêtises en dépit de la vigilance de
leurs parents.

C'était la première fois qu'il l'entendait rire, réalisa-t-il
alors. Oh ! Comme il aimait le son cristallin de son rire et
les étoiles qui brillaient alors dans ses yeux verts.

— On dirait que vous parlez par expérience, Emily. Seriez-
vous en train de vous rappeler quelque chose ? Au sujet de
votre famille, par exemple ?

A cette question, toute lueur disparut de ses yeux et,
détournant le regard, elle secoua la tête.

Il n'avait pas envisagé un seul instant qu'elle pût avoir
des enfants. Selon Pierceson, elle n'était pas mariée. Mais
il n'était pas nécessaire d'être marié pour avoir des enfants !
A moins qu'elle ne fût divorcée... Pourtant, elle était bien
jeune pour être déjà passée par cette épreuve.

— C'est horrible, murmura-t-elle alors. Il se peut que j'aie
une famille, qu'il y ait des gens qui, en ce moment, se fassent
du souci pour moi, qui ignorent si je suis morte ou vive...

Emu, Dylan la prit par les épaules et déclara :

— J'ai chargé mes hommes d'enquêter auprès des auto-
rités locales. Personne n'a déposé d'avis de disparition. Si
vous aviez de la famille et que cette famille se soit rendu
compte de votre disparition, elle aurait prévenu la police,
ne croyez-vous pas ? N'auriez-vous pas agi de cette façon si
une personne que vous aimiez avait disparu ?

— Si, répondit-elle en levant lentement son regard vers
lui.

78

Ses yeux traduisaient un immense désarroi, remarqua-t-il. Et ce désarroi le toucha terriblement. Tant qu'il n'aurait pas reconstitué le puzzle de sa vie, il se jurait de tout mettre en œuvre pour lui faire oublier la terrible épreuve qu'elle traversait...

Soudain, il déclara :

— Est-ce que vous entendez ?

Elle jeta un regard alentour, puis demanda :

— Est-ce que j'entends quoi ?

— De la musique...

— Mais non, je n'entends rien du tout !

— Ecoutez bien, insista-t-il. Je crois que c'est une valse... Quelqu'un s'exerce au piano, dans le salon de musique.

Il parut se concentrer sur les quelques notes qu'effectivement elle percevait elle aussi maintenant, encore que de façon bien ténue, et ajouta :

— Oui, c'est bien une valse, *Le Beau Danube bleu*... Entendez-vous ? M'accordez-vous cette danse, Emily ?

— Dylan, protesta-t-elle, ce n'est pas la...

— Refuseriez-vous ? demanda-t-il alors d'un ton impérieux en relevant la tête. Refuseriez-vous cette danse à Son Altesse royale de Penwyck ?

Elle ne savait brusquement plus sur quel pied danser — c'était le cas de le dire ! Plaisantait-il, ou bien l'avait-elle réellement offensé ? Dans le doute, elle répondit précipitamment :

— Bien sûr que non, Votre Altesse. C'est un grand honneur pour moi, au contraire.

Elle fit alors une légère révérence et prit la main qu'il lui tendait. Dylan passa son autre main sur la taille de sa cavalière et ils se mirent à danser sur le balcon de la salle de bal comme si un orchestre avait véritablement joué une valse en bas, dans la salle. Leurs pieds glissaient, légers et en rythme, sur le marbre lisse.

La taille d'Emily correspondait exactement à la largeur de sa main, pensa Dylan. Il entendait son cœur battre sous la fine étoffe de son corsage. Oh, comme il aurait aimé plaquer sa paume directement sur sa chair nue !

L'attirant soudain à lui plus intimement que ne le requérait la valse, il murmura :

— Y a-t-il quelqu'un dans cette salle de bal qui pourrait s'offenser de nous voir si étroitement enlacés, ma chère Emily ? Un amant, peut-être ?

Elle hésita un instant, puis entra dans son jeu. Clignant des paupières, elle répondit :

— Oui, Votre Altesse. Je ne suis pas venue seule mais en compagnie du comte Archibald Popolakis. Et je crains qu'il ne soit jaloux de l'attention dont vous m'entourez.

— Le comte Popolakis ? Fi donc, laissez-moi régler son sort à ce chenapan ! Je vais donner l'ordre à mon armée de l'emprisonner dans le donjon.

— Oh ! Merci beaucoup, Votre Altesse royale ! s'écria Emily d'un ton théâtral. Mais je dois vous prévenir... Au premier coup de minuit, je redeviendrai la pauvre paysanne que je suis en réalité et qui doit laver, cuisiner et repasser pour ses diablesses de sœurs et son impitoyable belle-mère.

— Dans ces conditions, j'enfermerai ces ogresses avec le comte, dans le donjon ! renchérit Dylan. Il se trouve que je recherche une femme qui sache faire la lessive et la cuisine.

A ces mots, Emily éclata de rire et des picotements traversèrent les reins de Dylan. Il était si bon de l'entendre rire ! Si troublant aussi... Et puis il y avait si longtemps qu'il n'avait pas joué de la sorte. Peut-être jamais d'ailleurs... Dès qu'une femme savait qui il était, elle s'empressait de l'impressionner ou de le séduire. Oh, il ne s'en plaignait pas ! Si la personne en question lui plaisait, il n'hésitait pas à dormir avec elle.

Mais ses aventures demeuraient de l'ordre du plaisir physique. Avec Emily, quelque chose était différent. Certes, il voulait elle aussi l'attirer dans son lit, l'amour platonique, très peu pour lui ! En revanche, ce qui le surprenait c'était ce curieux besoin qu'il éprouvait de la protéger. De s'assurer qu'elle ne manquait de rien. Et tout simplement d'être avec elle. De l'entendre rire… Jamais il n'aurait soupçonné que le rire d'une femme puisse être si sensuel et éveiller en lui de tels fantasmes érotiques.

Soudain, il sourcilla et secoua la tête. Allons, pourquoi se torturait-il l'esprit ? Ce qu'il ressentait pour Emily, c'était une attraction physique, rien de plus. Et s'il avait l'impression que c'était différent, c'était tout simplement parce qu'un sentiment de culpabilité l'habitait à son égard, à cause de l'accident dont il se sentait responsable. Ni plus ni moins !

En outre, avec tout ce qui se passait au palais en ce moment, il était passablement tendu et finissait par ne plus trop savoir où il en était.

Pourtant, il connaissait un bon moyen pour se détendre…

Brusquement, il leur fit faire une preste virevolte, puis la pressa contre lui d'un geste impérieux. Etonnée, elle poussa un petit cri… Prestement, il bâillonna sa bouche avec la sienne.

# 6.

Toute pensée se figea dans l'esprit d'Emily.

Au moment où Dylan unit sa bouche à la sienne, il lui sembla que le monde entier s'arrêtait. L'espace de quelques secondes, elle ne put ni respirer ni faire le moindre mouvement... Elle savait qu'il la tenait dans ses bras, qu'il était en train de l'embrasser, et elle ne pouvait tout simplement pas réagir...

Soudain, au fond de son être, les vannes s'ouvrirent toutes grandes et l'émotion jaillit à l'état pur comme une lame vivifiante de chaleur et de désir.

Si seulement elle l'avait senti venir ! Alors elle s'y serait préparée d'une façon ou d'une autre et se serait protégée de l'urgence qui la secouait à présent jusqu'à l'âme. Mais il l'avait prise par surprise, sans qu'elle ait le temps de mettre au point son système de défense.

Se décrispant peu à peu, elle se pressa plus étroitement contre lui, mue par le besoin intense de le sentir tout contre elle. Une intensité qui la choqua elle-même. La bouche de Dylan était insistante sans être exigeante...

Doucement, il inclina la tête de sa cavalière, puis titilla avec sa langue ses lèvres offertes. Alors, elle entrouvrit la bouche et, dans un soupir lascif, il approfondit son baiser...

82

… Indescriptible ! pensa-t-elle furtivement. Le goût légèrement mentholé de sa bouche, son eau de toilette épicée et la pression de son corps dur contre elle, oui, tout cela lui procurait d'incroyables impressions. Elle sentait toutes les couleurs de l'arc-en-ciel la traverser — un jaune brillant, un bleu pastel et un rouge vif… Un camaïeu de sensations aussi douces que du velours, aussi lisses que de la soie… et trempé comme l'acier ! Un kaléidoscope de désirs…

Soudain, il devint plus passionné encore. Posant les mains sur sa poitrine virile, elle sentit alors le lourd tambourinement de son cœur sous sa paume. Son propre cœur mimait les battements d'ailes d'un oiseau fou, ce baiser ressemblait à une formidable course éperdue… Nouant soudain les mains autour du cou de Dylan, elle se hissa sur la pointe des pieds pour se lover plus étroitement contre son corps tandis qu'il continuait inlassablement d'explorer sa bouche et de la déguster.

Quelque part, à travers un épais brouillard, lui parvenaient des éclats de voix. A moins que ce ne fût un bourdonnement intérieur, pensa-t-elle, jusqu'à ce que, brusquement, Dylan brise l'enchantement en désunissant leurs bouches. Elle vacilla légèrement… D'un geste vif, il l'entraînait derrière les tentures rouges du balcon !

— Il semblerait que nous ne soyons pas les seuls touristes, aujourd'hui, dit-il d'une voix où pointait la contrariété.

Les bruits de voix étaient de plus en plus perceptibles, pensa Emily… avant de s'apercevoir qu'elles provenaient directement du parterre ! Jetant subrepticement un coup d'œil de derrière le rideau, elle vit un groupe de personnes rassemblées au milieu de la salle de bal. Nul doute que le groupe aurait pu les apercevoir, Dylan et elle, en train de s'embrasser passionnément sur le balcon…

Soudain, elle rabattit vivement le rideau, épouvantée !

Un homme parmi les touristes venait d'attirer son attention. Un homme de haute taille, vêtu d'une veste de cuir noir, le crâne rasé et les yeux démoniaques.

*Sutton !*

Le sinistre individu se trouvait en ce moment même dans le palais ! Malgré elle, elle suffoqua et instinctivement s'agrippa à Dylan. Elle dut puiser dans ses ultimes forces pour ne pas se précipiter vers la balustrade et désigner Sutton à la vindicte publique.

Néanmoins, en quoi cela aurait-il servi sa cause ? Ses complices détenaient sa grand-mère. Nul doute qu'en apprenant ce qui était arrivé à Sutton, ils…

Non !

Elle ferma les yeux et s'efforça de chasser cette affreuse pensée. Que l'on pût faire le moindre mal à Olivia lui était tout à fait insupportable. Pas même envisageable.

— Tout va bien ?

— Ils ont manqué nous voir, dit-elle en ouvrant les yeux. Il s'en est fallu de peu.

— Ce n'est rien, la rassura-t-il en baisant sa tempe. Et quand bien même, ça n'aurait pas été la fin du monde. Juste fâcheux.

— Bien sûr… Je…

Elle ne pouvait pas parler, elle ne pouvait pas lui dire la vérité bien qu'elle en mourût d'envie.

— Vous êtes toute pâle, déclara-t-il en sourcillant.

Recouvrant ses mains avec les siennes, il ajouta d'un ton soucieux :

— Et vos mains sont toutes glacées !

— Je vais bien, murmura-t-elle. Je suis juste un peu fatiguée. Je voudrais me reposer dans ma chambre.

— Naturellement, répondit-il. Nous poursuivrons la visite lorsque vous vous sentirez mieux.

— Merci.

Elle voulut se détacher de son étreinte, mais il la maintint fermement contre lui. Levant les yeux vers lui, elle se heurta à l'impact de son regard déterminé.

— La prochaine fois que je vous embrasserai, annonça-t-il, je ferai en sorte que nous ne soyons pas interrompus.

A ces mots, son cœur se mit à palpiter violemment mais elle ne répondit rien. En-dessous d'eux, le son enflait et pour cause ! Les touristes commençaient à monter l'escalier !

Une bouffée de panique la submergea. Si elle voyait de nouveau Sutton, si leurs regards se croisaient, tout était compromis et sa grand-mère... Par pitié !

— Partons ! lui souffla-t-elle.

Alors il la relâcha et, posant une main sur sa taille, il la conduisit vers une porte dérobée qui leur permit de s'échapper *incognito*.

Ils revinrent vers sa chambre en silence. Emily, l'estomac affreusement noué, était la proie des plus vives contradictions. Bien que son corps vibrât encore du baiser de Dylan, l'idée que Sutton se trouvât à l'intérieur du palais mettait ses nerfs à vif.

Comme ils arrivaient devant la porte de sa chambre, elle se rendit compte qu'elle avait un besoin urgent de se retrouver seule... *ou elle allait tout simplement s'effondrer dans les bras de Dylan !*

Il était nécessaire qu'elle instaure de la distance entre eux — au moins un continent ! songea-t-elle, même si cela ne l'empêcherait pas de penser à lui. Elle se maudissait pour avoir cédé à son baiser et, dans le même temps, elle n'éprouvait aucun regret. *Elle sentait surtout qu'elle allait devenir folle !*

— Merci pour la visite, Dylan, lui dit-elle en posant sa main sur la poignée, priant pour qu'il ne remarque pas le tremblement de ses mains. Le palais est superbe et j'apprécie à sa juste valeur le temps que vous m'avez consacré sur votre emploi du temps chargé.

— Ce fut un plaisir, gente dame.

A cet instant, un sourire se dessina sur la bouche si sexy de Dylan. Puis, sans prévenir, il suivit avec son doigt le contour de sa joue pâle, et ajouta :

— J'espère que ce plaisir était partagé...

Un simple effleurement de son doigt... et une vague de chaleur inonda ses veines. Effrayée par sa propre réaction et craignant qu'il ne lise dans ses yeux une invitation à aller plus loin, elle baissa les paupières. Il était bien plus aisé de fixer le bout de ses chaussures que de se noyer dans le regard de Dylan, car elle risquait bien de s'y perdre.

— J'aurais volontiers passé la soirée avec vous, poursuivit-il en faisant glisser son doigt vers le lobe de son oreille, mais hélas ! j'ai d'autres engagements.

Ce disant, il poussa un soupir de regret et laissa retomber sa main.

Une autre femme, peut-être ? songea-t-elle immédiatement avant de se rendre compte que cette pensée était parfaitement indue et ridicule. Qu'est-ce que cela pouvait donc bien lui faire ? Il était bien trop dangereux pour elle de s'autoriser à éprouver le moindre sentiment pour Dylan. *Jamais il ne pourrait y avoir quelque chose entre eux !* Et cette résolution, le premier mensonge qu'elle avait proféré en était le garant. Car nul homme ne pouvait s'éprendre d'une menteuse !

Relevant les yeux vers lui, elle supplia le ciel pour qu'il ne devine pas ses véritables sentiments derrière le masque de nonchalance qu'elle s'efforçait de lui renvoyer.

— Vous m'avez déjà consacré beaucoup de temps, lui dit-elle alors.

— Demain matin, j'ai une visioconférence avec mon frère puis un déjeuner d'affaires avec le duc de Sydebottom. Je viendrai vous chercher juste après et nous terminerons la visite du palais.

Il s'agissait moins d'une invitation que d'un décret royal, se dit-elle.

— Finir la visite ?

— Vous n'avez pas encore vu les jardins ! Leur splendeur vous ravira. D'autant que l'on prévoit du beau temps pour demain. Nous ferons une agréable promenade, je vous le promets.

Elle voulut protester, lui assurer que ce n'était pas nécessaire... Difficile néanmoins de s'opposer à son expression résolue ! Il ne voudrait rien entendre, c'était certain ! Aussi répondit-elle :

— J'en serai enchantée.

Elle ressentait un mélange d'angoisse et d'excitation à l'idée de se promener seule avec Dylan dans la touffeur des jardins — loin du palais et du personnel. Elle ajouta bien vite :

— Merci encore pour cette agréable visite.

Là-dessus, elle se glissa à l'intérieur de sa chambre, le laissant seul dans le corridor, où elle ne doutait pas qu'il s'attardât quelques secondes. Après avoir refermé la porte, elle s'y adossa en poussant un soupir... Non, elle ne devait pas se rappeler l'empreinte des lèvres de Dylan sur les siennes, ni la trahison de son propre corps quand elle avait répondu si ardemment à son baiser... *mais la raison de sa présence au palais !* Un tout autre genre de trahison.

Le temps lui était compté, elle le savait.

Ce soir, pendant l'absence de Dylan, elle s'introduirait secrètement dans ses appartements privés...

*
* *

Attaché-case en main, Dylan mit en marche le système d'alarme de sa suite puis, refermant soigneusement la porte derrière lui, il se dirigea vers l'ascenseur à l'autre bout du corridor. Il composa une autre série de codes sur le clavier de l'appareil qui s'ouvrit alors pour le laisser passer.

S'engouffrant à l'intérieur, il jeta un bref regard vers la mini caméra coincée dans l'angle de l'ascenseur, sachant que son image s'affichait déjà sur tous les moniteurs de sécurité. Chaque fois, il résistait à la tentation pourtant violente de lever la main jusqu'à l'œil espion et de le retourner vers la paroi de l'ascenseur, afin que sur les écrans récepteurs s'affiche un pan de mur blanc, et non plus sa propre tête. Hélas, un prince ne pouvait se comporter de façon si frivole, et ne devait en aucun cas attirer l'attention sur lui ! La maturité venant, il savait se dominer, mais l'envie demeurait.

L'ascenseur vibra légèrement puis s'arrêta au rez-de-chaussée. Dylan en sortit avec la dignité d'un homme de son rang, et, après avoir adressé un bref signe de tête au garde, il s'engouffra dans une galerie faiblement éclairée. A la première bifurcation, il obliqua à gauche et passa devant le quartier général des CRE. D'autres gardes le saluèrent et il leur rendit leur salut sans s'arrêter, par crainte qu'ils ne devinent ce qu'il s'apprêtait à faire… Car il savait que la reine était vigilante et nourrissait de gros soupçons à son égard. Si ces cerbères avaient reçu l'ordre de réquisitionner ce qu'il transportait dans son attaché-case, ils n'hésiteraient pas à obtempérer ! Et il s'exposait alors à de terribles réprimandes de la part de la reine Marissa.

Arrivé sans encombre au bout de la galerie, il monta prestement une volée de marches en haut desquelles se tenaient deux gardes du corps à la carrure imposante. Ils étaient postés de part et d'autre d'une porte sur laquelle on pouvait lire l'inscription suivante : « Accès strictement réservé. »

— Votre Altesse royale, murmurèrent respectueusement les deux hommes en ouvrant chacun un battant de la double porte.

Il les salua sans mot dire et la porte se referma derrière lui. Poussant immédiatement une autre porte, il se retrouva dans une sorte de boudoir des plus cosy. Un fauteuil capitonné et une méridienne en velours couleur chocolat occupaient un pan du mur tandis que l'autre ouvrait sur l'infirmerie personnelle des membres royaux.

— Bonsoir, Votre Altesse royale, lança l'infirmière de garde.

— Bonsoir, Jennifer, répondit Dylan en serrant un peu plus fort la poignée de son attaché-case.

Pourtant, il poursuivit d'une voix claire et sur un ton parfaitement souverain :

— Dora a demandé un congé ce soir, n'est-ce pas ?

— Effectivement, Votre Altesse royale, elle passe la soirée dans sa famille.

Il frappa alors trois coups discrets à une porte tapissée de velours rouge. Jack Myers, le garde personnel du roi, vint lui ouvrir et s'effaça pour le laisser passer.

Enveloppé dans un long peignoir bleu et chaussé de pantoufles, le roi Morgan se leva immédiatement du confortable fauteuil où il lisait le journal du soir. Difficile pour Dylan d'accepter qu'un homme aussi robuste que son père eût été si gravement malade ! Néanmoins, sa convalescence se déroulait sous les meilleurs auspices, ce qui remplissait son fils de joie.

— Tiens donc ! s'exclama le roi Morgan d'un ton jovial. Voyez qui vient rendre une petite visite à un vieillard grabataire.

Subrepticement, il jeta un coup d'œil vers la mystérieuse valise que son fils tenait à la main. Fameux subterfuge, pensa-t-il, fier de son rejeton.

— Bonsoir, père, déclara solennellement Dylan.

— Sortez, Myers, ordonna alors le roi en se tournant vers ce dernier.

— Allons, Votre Majesté, objecta ce dernier, vous savez que c'est impossible. La reine Ma…

— Sortez, c'est un ordre ! l'interrompit le roi. Tant que je peux encore respirer, c'est moi le roi ici, et c'est moi qui donne des ordres.

Visiblement mécontent, le garde du corps regarda tour à tour le père et le fils. Puis, comprenant qu'il ne trouverait aucun appui chez ce dernier, il s'inclina rapidement devant eux et sortit de la pièce à reculons… et avec bien des réticences !

— Nous disposons de bien peu de temps, décréta immédiatement le roi quand ils furent seuls. Ta mère a des espions partout. Eh bien, que m'as-tu apporté de bon ?

A ces mots, Dylan posa hiératiquement l'attaché-case sur le bureau. Puis toujours avec la même solennité, il l'ouvrit et en sortit un Tupperware qu'il tendit à son père d'un air grave, comme s'il lui remettait un détonateur atomique.

Avec un empressement non dissimulé, le roi Morgan en retira le couvercle, et un sourire joyeux éclaira son visage lorsqu'il découvrit la belle tranche de foie gras que son fils avait subtilisée en cuisine. Fermant les yeux, il enfourna avec délices le précieux mets dans sa bouche… Puis, rouvrant les paupières non sans pousser un soupir de bien-être, il décréta :

— Je donnerais mon royaume pour boire une gorgée du vin moelleux qui va avec.

90

— Hors de question ! répondit vivement Dylan. Je prends déjà des risques considérables avec le foie gras. Si mère l'apprenait… Je n'ose même pas y penser. Quant au Dr Waltham, il me bannirait à jamais de l'infirmerie.

— Bien, bien, ne t'échauffe pas, mon fils. Allons, voyons précisément le contenu de ce Tupperware… Saumon fumé, fromage de chèvre… Je ne savais pas à quel point le fruit défendu était délectable.

Ravi du festin qui l'attendait grâce aux bonnes œuvres de son fils — et qui le changeait des tristes potages aux carottes dont on l'abreuvait —, le roi Morgan s'attabla à son bureau et invita son fils à prendre place en face de lui.

— Eh bien, lui dit-il, raconte-moi par le menu ce qui s'est passé au palais, hors du donjon dans lequel on me tient en exil.

Et, tout en mangeant avec un plaisir évident, Morgan écouta attentivement le rapport circonstancié que lui fit Dylan. A commencer par le voyage d'Owen à Drogheda dans le dessein de négocier des alliances avec cette île et celle de Marjorco. Il évoqua ensuite la présence de deux membres de l'Organisation dans un pub de la capitale. Ils étaient malheureusement parvenus à prendre la fuite avant qu'on ne les appréhende. Et puis il aborda de nouveau le triste sujet concernant le soupçon qui pesait sur Broderick. De nouvelles présomptions indiquaient qu'il était en relation avec les dissidents.

— Maudit traître ! fit Morgan d'un air dégoûté. Penser que mon propre frère veut semer la zizanie sur l'île me révolte et m'indigne profondément. Détenons-nous enfin des preuves ?

— Non, nous sommes encore dans le domaine du soupçon. Les CRE tentent toujours de localiser le QG des Chevaliers noirs mais en vain pour l'instant.

— Sais-tu combien tu m'as manqué pendant tes deux années d'absence, Dylan ? demanda soudain Morgan. Es-tu prêt maintenant à me dire ce que tu as fait, où tu étais ?

Un sourire passa alors sur le visage de Dylan et il répondit :

— Je conquérais les femmes et je passais mes nuits à m'enivrer ! Qu'aurais-je pu faire d'autre ?

Le roi émit à son tour un petit sourire, puis décréta :

— Tu es bien le fils de ton père ! Dieu préserve les oreilles de ta mère de mes paroles car, dans ce domaine-là, les femmes manquent en général d'humour.

Dylan doutait que sa mère fît preuve d'humour en apprenant que son fils avait travaillé pour une ONG dans un pays en guerre. Il était préférable de laisser croire à ses parents qu'il avait passé deux ans à conquérir les femmes de la planète entière au lieu de leur confier qu'il avait participé aux sauvetages de diplomates en détresse.

— A propos de femme, reprit le roi en brossant distraitement les miettes qui étaient tombées sur son peignoir, on m'a rapporté des histoires fort édifiantes concernant une belle brune dont tu te serais entiché. Emma, c'est bien son nom ?

A cet instant, un éclair de contrariété traversa les yeux de Dylan. Décidément, tout se savait au palais ! Et la moindre information était immédiatement amplifiée ! « Du calme », s'enjoignit-il. La révolte appartenait au passé. Il était définitivement condamné à l'absence d'intimité, alors à quoi bon s'énerver vainement ? Il devait accepter cet état de fait comme une donnée constituante de son identité, de son appartenance à une famille royale.

Ce qui ne signifiait pas pour autant qu'il appréciait !

— Emily, corrigea-t-il d'une voix plus agacée qu'il n'en avait l'intention. Et je ne me suis pas *entiché* d'elle ! Je me sens simplement responsable de ce qui lui est arrivé. J'ai tout de même failli la tuer !

— Ah, il s'agit donc de responsabilité et de sens du devoir ? fit Morgan, ironique. Mais avec une lampée de désir pour faire passer le mauvais goût de la culpabilité, n'est-ce pas ?

— Peut-être, admit Dylan mi-agacé, mi-amusé.

— Il faut avoir du désir, mon fils, c'est essentiel ! Sans quoi la vie n'a plus de saveur... Profites-en tant que tu es jeune. Ah, de mon temps...

Il s'interrompit, se rappelant avec qui il discutait. Dans un sourire débonnaire, il ajouta :

— Alors, nous la faisons, cette partie de cartes ?

« Ouf ! » pensa Dylan. Au moins, son père lui aurait épargné les exploits amoureux de sa jeunesse !

— Que faisons-nous ? demanda Dylan en mélangeant les cartes. Un rami ?

— Entendu, en cinq tours. Si je gagne, demain, tu m'apportes un cigare !

— Bien, fit Dylan en sachant que, vu l'enjeu, il devait absolument gagner ! Et si je gagne, vous devrez vous contenter de votre soupe aux carottes jusqu'à ce que le Dr Waltham vous autorise d'autres nourritures.

— Ne me parle pas de ce maudit docteur et distribue plutôt les cartes ! ordonna le roi Morgan.


Par la fenêtre, la lune déversait sur le plancher des flots d'argent qui baignaient la chambre d'une atmosphère surréelle. Allongée dans son lit, Emily ne dormait pas. Elle fixait la porte, attentive aux bruits du couloir... A part le battement violent de son cœur, le palais était exceptionnellement calme, ce soir.

Sally avait été une mine d'informations en ce qui concernait les occupations de la famille royale ce jour-là. Sans avoir à lui poser la moindre question, Emily avait appris que la reine et ses filles passaient la soirée chez le duc et la duchesse de Haberson et que le prince Dylan avait donné son congé à son valet. Ce qui signifiait, avait précisé Sally les yeux brillants, que Son Altesse royale dînait à l'extérieur et ne rentrerait qu'au petit matin…

Emily aurait dû se réjouir de cette bonne nouvelle. N'était-ce pas précisément ce dont elle avait besoin — que Dylan s'absente de chez lui ? Comment parviendrait-elle sinon à s'introduire dans ses appartements privés ? Pourtant, elle était tout sauf réjouie ! Plutôt épouvantée, oui ! Elle était certaine qu'elle allait être prise en flagrant délit, qu'on allait l'arrêter et lui passer les menottes… Et alors, toutes les personnes qui jusque-là avaient été des anges de gentillesse s'écarteraient sur son passage, à la fois choquées et indignées.

Mon Dieu, quelle horreur ! pensa-t-elle en s'agrippant au drap. Elle ne devait pas penser à une issue si terrible. Non, il fallait qu'elle se persuade que son entreprise allait réussir, car elle *devait* réussir ! Alors sa grand-mère serait libérée et tout rentrerait dans l'ordre.

En outre, bien qu'elle ait tenté d'en faire abstraction tout l'après-midi, elle devait admettre qu'une autre chose la tracassait : savoir que Dylan allait passer la soirée chez une maîtresse — notamment après l'avoir embrassée durant la matinée !

Embrassait-il toutes les femmes de la façon dont il l'avait embrassée elle ? se demanda-t-elle. Les faisait-il toutes fondre comme elle, leur donnait-il ce curieux sentiment qu'à part lui aucun autre homme n'existait avant ? Et n'existerait ensuite ?

94

Bien sûr que oui ! se dit-elle pour la énième fois depuis qu'elle était revenue dans sa chambre. Oh, elle savait qu'il la désirait physiquement, il le lui avait clairement indiqué ! Mais cela ne signifiait nullement qu'il lui trouvait *quelque chose de spécial* !

Elle avait attendu sa vie entière pour rencontrer un homme dont la seule vue la transporterait au-delà de toute raison. Lui donnerait des ailes, lui peindrait la vie aux couleurs du bonheur...

*Pourquoi fallait-il que ce vœu s'incarne en Dylan, l'homme qu'elle s'apprêtait à trahir ?*

Soupirant d'impuissance, elle rejeta les couvertures et se leva brusquement. L'air froid la fit frissonner et elle enfila un peignoir de soie verte, sur son pyjama assorti.

Il était 21 h 30. Elle se donnait un quart d'heure pour remplir sa mission et revenir dans sa chambre. A pas de loup, elle se dirigea vers la porte, l'ouvrit avec d'extrêmes précautions, et jeta un coup d'œil à l'extérieur...

La voie était libre !

Les appartements privés de Dylan se trouvaient à l'autre bout du corridor. Il le lui avait déjà indiqué, en précisant qu'il était tout près de sa chambre, en cas de besoin... Quoi qu'il en soit, même si Dylan ne lui avait rien dit, elle n'aurait eu aucune difficulté à repérer sa suite, car Sutton lui avait remis un plan du palais, en insistant pour qu'elle le mémorise avant de le brûler. De la même façon qu'elle avait dû apprendre par cœur le code secret qui lui donnerait accès à la suite de Dylan et la combinaison tout aussi confidentielle qui lui ouvrirait son coffre-fort.

Quand elle se retrouva devant la porte interdite, ses jambes chancelèrent... Courage ! Il lui suffisait de saisir le code, et de s'introduire à l'intérieur. Un jeu d'enfant. On lui avait précisé qu'il n'y avait pas de caméra de surveillance ici, intimité oblige.

Une intimité qu'elle s'apprêtait à violer.

Si seulement elle avait pu trouver une autre solution !

La vérité… ? se demanda-t-elle un instant. Dylan l'aiderait-il, si elle lui disait la vérité ? Ou bien la jetterait-il immédiatement en prison, laissant Olivia entre les mains de ses affreux ravisseurs ?

Dans le doute, elle ne pouvait pas prendre le risque. Elle n'avait pas d'autre choix que d'agir selon le plan tracé par Sutton !

De nouveau, elle balaya d'un regard inquiet le corridor, puis ferma les yeux et s'efforça de respirer calmement. « Je peux le faire, je le peux », se répéta-t-elle. Le cœur battant, les mains moites, elle leva la main vers le clavier…

— Emily ?

Elle se retourna violemment en entendant la voix de Dylan à l'autre bout du corridor. Il se détachait dans la pénombre, attaché-case à la main, telle une silhouette menaçante.

Elle se figea. Incapable de parler, de bouger ou de respirer…

— Que faites-vous ici ? demanda-t-il sombrement en se rapprochant d'elle.

# 7.

— Que se passe-t-il ? reprit Dylan, impatienté par son
mutisme.

Il était tellement perdu dans ses pensées — des pensées
toutes concentrées sur elle, se demandant si elle dormait, à
quoi elle ressemblait dans son sommeil lorsque sa flamboyante
chevelure se déployait langoureusement sur l'oreiller... Il
mourait d'envie d'enfouir ses mains dans cette soie chatoyante
et d'attirer la jeune femme à lui.

Et voilà qu'il la trouvait dans le corridor, devant sa porte.
Le fait de penser tellement fort à elle l'avait-il fait apparaître
comme par magie ? Il en était extrêmement troublé.

Et pour accentuer ce trouble, Emily demeurait silencieuse !
Il tapa alors son code secret puis, la prenant par le bras, l'entraîna à l'intérieur de sa suite. Bien qu'à cette heure tardive
le personnel fût couché, un domestique pouvait toujours
passer incidemment dans le couloir. Il y avait suffisamment
de rumeurs au palais, il ne souhaitait pas particulièrement
les alimenter ! Aussi était-il préférable de se préserver des
regards indiscrets.

Sa suite était plongée dans la pénombre. Il aurait pu allumer — le commutateur était à portée de main —, mais il se
contenta de poser sa mallette sur une chaise et de regarder
Emily.

— Etes-vous souffrante ? demanda-t-il en plaçant ses deux mains sur ses épaules. Dois-je prévenir le médecin ?

— Non, non... Je vais bien... Vous m'avez fait peur.

— Effectivement, vous tremblez.

— A vrai dire, j'ai fait un cauchemar, commença-t-elle. Tout paraissait tellement réel... Je sais que c'est idiot, je n'aurais pas dû vous déranger, mais...

— Vous ne me dérangez pas du tout, décréta-t-il en la prenant dans ses bras et en lui caressant tendrement le dos pour l'apaiser.

Comme elle se raidissait et tentait de se dégager, il ajouta :

— Détendez-vous, Emily. Je ne mords pas, vous savez. Sauf sur demande...

Encore tremblante, elle posa la joue contre sa poitrine. Il put alors respirer le doux parfum fleuri de sa chevelure, sentir la douceur de sa peau, entendre le battement désordonné de son cœur... Immédiatement, son corps réagit et il dut faire de gros efforts pour ne pas l'étreindre plus étroitement, pour ne pas dénouer la ceinture de son peignoir, introduire sa main dans la veste de son pyjama et sentir sa poitrine ferme sous sa paume. La tentation était trop grande, et, tout prince qu'il était, il n'en était pas moins humain.

Par prudence, il la relâcha et la conduisit vers la bergère du salon. Les rayons de lune qui se déversaient par la fenêtre ourlaient d'argent les ombres de la pièce.

— Asseyez-vous là, suggéra-t-il. Je reviens.

Là-dessus, il se dirigea vers le salon, ouvrit le mini bar, en sortit de la glace et du whisky et en emplit deux verres.

Emily hésita lorsqu'il lui tendit le verre d'alcool... Puis elle avala une gorgée et se mit immédiatement à tousser. Attendri, il lui sourit et s'assit à côté d'elle pour lui tapoter gentiment le dos.

— Voilà qui indique que vous n'êtes guère habituée à boire, déclara-t-il. Mais je pense que la deuxième gorgée passera mieux que la première. Eh bien, racontez-moi ce terrible rêve !

Elle avala un autre trait de scotch, non sans fermer les yeux lorsque le liquide lui brûla la gorge.

— J'étais dans une pièce vide, munie d'une fenêtre à barreaux. Un homme essayait de m'attraper et je courais dans tous les coins, mais je ne pouvais pas lui échapper. Finalement, ses mains se refermaient sur moi et c'était une sensation d'emprisonnement effrayante.

Dylan ne pouvait pas distinguer nettement ses traits, en raison de la demi-obscurité, mais il entendait une peur réelle dans sa voix.

— Connaissiez-vous cet homme ? demanda-t-il alors en se rapprochant d'elle, surpris par son besoin de la réconforter.

— Non, mais il est réel, Dylan, il existe !

A son ton terrifié, il ne savait plus très bien lui-même quoi penser : personnage de chair ou créature tout droit sorti de son inconscient ? Etait-ce son cauchemar qui la poursuivait éveillée ?

— Personne ne vous fera de mal, Emily, lui assura-t-il alors en ramenant sa chevelure dans son dos. Je ne laisserai personne vous faire du mal.

— Merci, murmura-t-elle en posant une main sur le cou de Dylan.

Ce simple contact l'enflamma. S'emparant de la main apaisante et magique, il pressa ardemment sa bouche avide contre la paume d'Emily et, rivant ses yeux brillants aux siens, il chuchota :

— Laissez-moi vous conduire dans mon lit, Emily. Restez avec moi…

Il perçut son hésitation, puis son frissonnement… Il fit alors glisser ses lèvres jusqu'à son poignet, et resta là, contre sa veine bleutée, à s'enivrer de la douce chaleur qui en émanait, sentant sa pulsation affolée…

— Vous ne me connaissez même pas, objecta-t-elle alors.

— Je vous désire, rétorqua-t-il. Et je sais que la réciproque est vraie. Cela me suffit pour l'instant.

— Pour l'instant, peut-être, dit-elle en dégageant sa main. Mais demain ? Et après-demain ?

— Seul compte le présent, insista-t-il, ivre de désir.

Un désir qui le tenaillait tout entier.

— Juste vous et moi.

— Puissiez-vous dire vrai, dit-elle en resserrant la ceinture de son peignoir. Je suis désolée, mais c'est impossible. Je ne peux pas.

Sur ce, elle se leva et se précipita hors de la suite. Il voulut la rattraper mais, arrivé sur le seuil, se ravisa. Jamais il n'avait contraint une femme à coucher avec lui et il n'avait nullement l'intention de commencer un jour, même si son corps se rebellait…

Bon sang ! Jamais une femme n'avait fait naître en lui une telle frustration auparavant. Néanmoins, bien que son refus le contrariât, il comprenait qu'Emily ne veuille pas faire l'amour avec lui sans savoir qui elle était elle-même. Il ne fallait pas exclure l'éventualité d'un amant ou d'un petit ami dans son existence. Ou pire encore : un fiancé !

A cette pensée, il plissa les yeux. Nom d'un chien ! Il se fichait comme d'une guigne qu'il y ait un autre homme dans sa vie ! Sauf si elle était mariée, bien sûr — il ne couchait jamais avec des femmes mariées. Mais, visiblement, Emily ne l'était pas. Et à ses yeux… elle lui appartenait déjà !

Rentrant dans ses appartements, il vida son verre de scotch d'un trait. La patience n'était pas son fort, mais, pour elle, il voulait bien faire un effort. Pourvu seulement qu'elle ne le fasse pas trop languir !

L'après-midi suivant, comme il le lui avait promis, Dylan vint chercher Emily pour une promenade dans les jardins. Elle avait été tendue et anxieuse toute la matinée dans cette attente, mais à présent qu'ils marchaient ensemble depuis plus d'une heure, dans l'air doux de l'après-midi, elle commençait enfin à se décontracter et appréciait même le fait d'être enfin sortie de sa chambre.

L'extérieur du palais était aussi splendide que l'intérieur. Des fontaines de marbre, des jardins à la française et à l'anglaise, un pavillon blanc et même un court de tennis, dissimulé par de grands arbres, tels étaient les éléments qui le constituaient. Bien que ce fût l'hiver et que les roses aient été taillées, elle pouvait aisément se représenter les jardins au printemps, lorsque tous les bourgeons s'ouvraient. Ce devait être un véritable feu d'artifice de couleurs : rose vif, jaune tendre, rouge carmin, bleu lavande et orange clair — sans oublier le blanc. Elle s'imaginait également sans peine la douce odeur de roses qui devait alors flotter dans les jardins, sans compter la fragrance de toutes les autres fleurs exotiques qui venait s'y mêler…

Rêveuse, elle flânait dans les allées au bras de Dylan, désireuse le temps d'une promenade d'oublier la véritable raison de sa présence ici. De faire comme si cette affreuse histoire n'existait pas. Dylan aussi se taisait. Savourait-il cette promenade avec autant d'intensité qu'elle ? Tout à l'heure, il lui avait expliqué que le marbre des fontaines était le même que celui qui recouvrait le sol du palais, et que ce matériel précieux était importé des montagnes Aronleigh. Elle l'avait écouté, fascinée.

Aujourd'hui, il portait des vêtements style gentleman farmer, et elle se réjouissait d'avoir choisi une tenue appropriée : un pantalon beige, une blouse à fleurs rose et beige et des mocassins couleur havane. Nul doute que Dee Dee avait reçu des consignes pour placer dans sa garde-robe tout ce dont elle avait besoin, en n'importe quelle circonstance. Et ses consignes émanaient directement de Dylan. Depuis le jour où leurs chemins s'étaient croisés, il avait tout mis en œuvre pour son confort, avait été attentif à chaque détail. Il avait été merveilleux avec elle, et lui avait donné l'impression qu'elle était *quelqu'un de spécial*.

Oui, il l'avait traitée comme une princesse.

Elle écoutait à présent ses commentaires éclairés sur les statues du jardin — et plus spécialement sur celle du Minotaure, cette créature mythique, mi-taureau mi-homme, qui tous les neuf ans se régalait de sept jeunes filles et sept jeunes gens. Il évoqua également le labyrinthe où la bête était enfermée et la façon dont ses infortunées victimes périssaient dans le dédale, dévorées par le Minotaure.

Oh, comme Emily comprenait ces malheureux, elle qui errait dans un véritable labyrinthe intérieur, sans possibilité de s'enfuir et sachant qu'elle aussi on allait la dévorer ! Un affreux sentiment d'impuissance et de désespoir l'habitait.

*Hier soir, il s'en était fallu de peu qu'il la prenne sur le fait !*

Elle ne cessait d'y penser et chaque fois la même épouvante s'emparait de son être. Dix secondes plus tard, et il la surprenait en train de taper le code secret. Pire encore : il aurait pu arriver une fois qu'elle eût été à l'intérieur ! Et il aurait démasqué l'imposture.

Pourtant, en dépit de tout cela, elle avait été à deux doigts d'accepter sa proposition, hier soir. Son invitation dans son lit… Il avait raison en affirmant qu'elle aussi elle le désirait. Oui, elle avait envie de lui, envie de se pelotonner dans le nid de ses bras et de tout oublier — pendant un petit moment au moins.

D'ailleurs, si elle n'avait pas été si lâche, si égoïste ; si elle avait un tant soit peu pensé à sa grand-mère, alors elle aurait couché avec Dylan. Puis elle aurait attendu le moment propice — c'est-à-dire quand il aurait été profondément endormi ou bien sous la douche — pour ouvrir le coffre qui se trouvait derrière le tableau de Monet, dans son bureau. Elle se serait emparée des papiers que l'on avait exigé qu'elle prenne, et le cauchemar aurait été terminé.

L'aurait-il réellement été ? se demanda-t-elle subitement. Et, d'ailleurs, le serait-il un jour ?

— Bonjour, Emily, lui murmura-t-il soudain à l'oreille, la faisant sursauter. Où étiez-vous ?

Elle se mit à rougir pour avoir été prise en flagrant délit d'inattention.

— Je suis navrée. Toute cette beauté me bouleverse. Pardonnez-moi.

En souriant, il s'empara de sa main et baisa le bout de ses doigts. Des étincelles d'électricité parcoururent immédiatement son bras et se communiquèrent à tout son corps.

— Moi aussi, je suis bouleversé, lui confia-t-il alors en plongeant son regard dans le sien. Et je vous pardonnerai si vous m'avouez que vous étiez en train de penser à moi.

— Oui, répondit-elle gravement.

Pour une fois qu'elle pouvait dire la vérité !

Elle sentit son étreinte se resserrer sur son bras et vit son regard dériver vers sa bouche… Le pouls qui battait à sa tempe s'accéléra vivement quand il rapprocha son visage du sien, les yeux toujours rivés à ses lèvres…

Le bruit d'une personne s'éclaircissant la gorge la fit sursauter. Immédiatement, elle s'écarta de lui. Sourcils froncés, Dylan se retourna vers l'intrus… Ou plus exactement l'intruse !

Une jeune et jolie femme se tenait tout près d'eux, observant Dylan avec un intérêt certain. Cheveux châtains éclairés de mèches blondes, elle portait un chemiser blanc et une jupe beige qui lui arrivait au genou. Elle était chaussée de bottes en cuir.

— Bonjour, Dylan, dit-elle alors, non sans ajouter à l'intention d'Emily à qui elle souriait gentiment : Et je présume que vous êtes la mystérieuse Emily.

— Emily, commença alors Dylan, puis-je vous présenter ma sœur, la princesse Anastasia ?

L'air de famille entre le frère et la sœur était frappant, pensa Emily. Un même regard bleu perçant qu'ils avaient hérité de toute évidence de leur mère.

— Très honorée, Votre Altesse royale, fit-elle en s'inclinant.

— Je suis heureuse de constater que vous allez mieux, déclara Anastasia. J'ai entendu dire que vous étiez venue vous jeter sous les roues de la limousine de mon frère.

L'humour de la princesse la glaça… Si elle savait à quel point elle disait vrai ! Mais il était impossible qu'elle sache quoi que ce fût, n'est-ce pas ?

— C'était ma faute, effectivement, approuva Emily fort mal à l'aise. Je n'aurais pas dû traverser à cet endroit, j'ai fait…

— Ne l'écoutez pas, intervint Dylan. Ma sœur possède un étrange sens de l'humour.

— Mais c'est pour ça que tu m'aimes, n'est-ce pas ? fit Anastasia en éclatant de rire. Si je ne te taquinais plus, tu ne me reconnaîtrais plus.

Il fronça les sourcils, mi-amusé mi-agacé, puis déclara :

— J'étais en train de montrer le Minotaure à Emily.

— Oh, vraiment ? fit Anastasia en clignant des yeux.

Puis, se tournant vers Emily, elle ajouta :

— Vous a-t-il précisé que mes sœurs et moi avons rebaptisé cette statue Dylan ? Vous savez, mi-taureau mi-homme.

Emily se contenta de sourire poliment tandis qu'il était évident que Dylan appréciait de moins en moins l'humour de sa sœur.

— Je croyais que tu devais faire une visite de charité à l'hôpital, cet après-midi, lui dit-il en soupirant.

A ces mots, Anastasia jeta un coup d'œil à sa montre en or…

— Oh, mon Dieu ! Je vais être en retard. Ce fut un plaisir de vous rencontrer, Emily, lui dit-elle en lui tendant la main.

— Tout le plaisir a été pour moi, répondit celle-ci.

Donnant un baiser sonore à son frère, Anastasia précisa :

— Navrée d'avoir interrompu ton… ta promenade !

Sur ce, elle disparut, sous le regard contrarié de son frère. Puis Dylan déclara à Emily :

— Un homme qui a trois sœurs n'a aucune intimité.

A cet instant, il s'empara de la main d'Emily et prit l'allée blanche à vive allure. Une allure si précipitée qu'elle avait presque du mal à le suivre. Il était vrai que ses grandes jambes permettaient à Dylan de faire de longues enjambées. Se rendait-il compte qu'elle commençait à s'essouffler ?

— Dylan… Où… ?

Il posa un doigt impératif sur sa bouche pour la contraindre au silence. Ils arrivèrent alors aux garages du palais. Qu'avait-il donc en tête ? Sans l'ombre d'une hésitation, il se dirigea vers une élégante Jaguar beige métallisé, ouvrit la portière côté passager et lui fit signe d'entrer. Alors, sans le questionner, elle se laissa choir dans le siège moelleux, agréablement saisie par une odeur de cuir.

— Que faites-vous ? lui demanda-t-elle enfin comme il prenait place derrière le volant… et mettait le contact !

— Cet après-midi, nous faisons l'école buissonnière, lui annonça-t-il un petit sourire aux lèvres.

Puis il démarra.

La Jaguar glissait plutôt qu'elle ne roulait sur l'asphalte, dans un tel silence qu'Emily se demandait presque si c'était la voiture ou la route qui avançait. Elle eut une pensée pour sa Fiat Panda qui cahotait à la moindre ornière. C'était la première fois qu'elle montait dans une voiture si élégante et elle avait l'impression de se trouver dans un paquebot fendant silencieusement les flots. La sensation était grisante. Et grisée, elle le fut encore bien davantage lorsque Dylan se pencha vers elle, la frôla et tendit le bras… Son cœur cessa de battre, elle crut qu'il allait l'embrasser. Mais non ! Il attrapa tout simplement la ceinture de sécurité qu'elle avait oublié d'attacher et la fixa.

Quand elle parvint de nouveau à respirer, la Jaguar s'engageait dans un chemin pentu, à l'ouest du palais.

— Dylan, où m'emmenez-vous ? demanda-t-elle enfin.

— Je veux vous montrer quelque chose, lui annonça-t-il d'un air mystérieux en ouvrant le toit de la Jaguar.

Un vent frais s'y engouffra tandis que le soleil inondait l'habitacle. Il ajouta alors :

— Avez-vous fait d'autres rêves, la nuit dernière ?

« Oui, j'ai rêvé de vous », aurait-elle pu répondre. De fait, il avait hanté le peu de sommeil qu'elle avait pu trouver. Ses rêves avaient été peuplés d'images érotiques. Dylan l'embrassait, la caressait ; et elle, elle le suppliait de lui faire l'amour. Alors il la déshabillait et, brusquement, la passion que reflétaient ses yeux se transformait en colère, comme s'il la voyait réellement telle qu'elle était.

Elle ne pouvait sûrement pas lui raconter ce rêve !

— Non, mentit-elle alors en fixant son regard sur les sapins et le paysage escarpé qui défilaient derrière la vitre.

La Jaguar continuait de monter sans effort, abordant chaque nouveau virage en souplesse.

— Votre famille ne va-t-elle pas s'inquiéter de votre disparition ? demanda-t-elle alors.

— Si l'on a besoin de moi, on saura où me trouver.

Elle dut se contenter de cette réponse. Au fond, elle était heureuse de s'éloigner du palais, même pour une heure ou deux. Elle adorait la montagne. Fillette, elle allait camper et pêcher avec son père et son grand-père dans les chaînes montagneuses. C'étaient des souvenirs irremplaçables.

Autour d'eux, la forêt s'épaississait et la route se rétrécissait, tout en devenant encore plus pentue. Soudain, la Jaguar franchit un pont de bois et Emily entendit le rugissement des eaux en dessous.

Enfin, Dylan arrêta la voiture près d'un bosquet et coupa le moteur.

— Fermez les yeux, lui ordonna-t-il subitement.

— Pourquoi ?

— Faites ce que je vous dis.

Entendu, elle voulait bien se prêter à son petit jeu. Donc, elle obtempéra. Elle l'entendit sortir de la voiture. Quelques secondes plus tard, il ouvrait sa portière.

— Gardez les yeux fermés, insista-t-il.

Les aiguilles de pin crissaient sous ses chaussures tandis qu'il l'entraînait... *elle ne savait où* ! Des oiseaux pépiaient joyeusement au-dessus de leurs têtes. Ils marchèrent pendant cinq bonnes minutes, elle trébucha à plusieurs reprises, mais il insista pour qu'elle n'ouvre pas les yeux.

Soudain, il annonça en se plaçant derrière elle.

— C'est bon, nous sommes arrivés.

Elle sentit alors la brise marine lui caresser le visage, puis l'eau salée chatouilla ses narines... Enfin, elle entendit le remous sauvage des vagues.

— Ouvrez les yeux ! lui ordonna-t-il.

Elle poussa un petit cri.

Ils se trouvaient au bord d'une immense falaise. A leurs pieds, l'océan d'un bleu profond s'étendait à l'infini. Les vagues venaient s'écraser contre la falaise dans des éclats d'écume. Dans le ciel, des mouettes dessinaient des cercles, poussaient des cris stridents, puis piquaient vers l'océan, en quête d'une nouvelle proie.

— Oh, Dylan ! finit-elle par dire à voix basse, c'est merveilleux.

— J'espérais que cela vous plairait.

Sa voix vibrait de plaisir et ce frémissement se communiqua à Emily. Alors Dylan l'enlaça et attira son dos contre sa poitrine. Elle ne lui opposa aucune résistance.

— Comment ne pas apprécier un panorama si saisissant ?

Subitement, elle se sentit presque légère. Il lui semblait qu'une partie du fardeau que portaient son cœur et son âme depuis quelques jours s'envolait avec les mouettes, là-haut dans l'azur. La beauté qui l'entourait la remplissait brusquement d'espoir. L'espace d'un instant, elle eut la sensation que tout finirait par s'arranger.

En dépit du soleil, l'air était frais et elle frissonna sous la brise. Dylan resserra son étreinte… et elle continua à frissonner. Cette fois, ce n'était plus à cause de la brise.

— Vous avez froid, murmura-t-il, venez avec moi.

Elle se retourna et, avant qu'elle n'ait eu le temps de protester, aperçut un cottage couvert de vigne vierge… Il se dressait dans un nid de pins et donnait droit sur l'océan.

Dylan lui prit la main, et guida ses pas sur le chemin escarpé qui conduisait au cottage. Il ouvrit la porte et s'effaça pour la laisser entrer… L'intérieur ressemblait à un petit chalet : les murs étaient lambrissés, des chevrons traversaient le plafond, et le plancher du sol brillait de tous ses feux. Dans un angle, il y avait également une cheminée. D'immenses baies qui allaient du sol au plafond offraient une vue panoramique sur l'océan.

Elle ne pouvait pas imaginer un lieu plus parfait, plus tentant…

— C'est à moi, lui annonça-t-il. On me l'a offert pour mes dix-huit ans.

Ce disant, il referma la porte derrière eux et se dirigea vers la cheminée.

Forcément, cet endroit était à lui, se dit-elle. Elle pouvait y sentir son énergie et son essence. A côté de la cheminée, une bibliothèque était remplie de livres. Un sofa de couleur beige et deux fauteuils capitonnés se faisaient face. Sur le bureau, était posée une photo de famille dans un cadre d'argent.

Elle le regarda allumer le feu… Bientôt, une petite flamme jaillit dans l'âtre.

— La cuisine, c'est par ici, indiqua-t-il en désignant le corridor. Il y a de la nourriture dans le réfrigérateur, si vous avez faim.

— Non merci…

Irrésistiblement attirée par la succession des baies et le formidable paysage qu'elles offraient, elle s'en rapprocha pour admirer l'immensité de l'océan. Elle avait l'impression que des milliers de kilomètres la séparaient du reste du monde...

— Dans quelques minutes, il fera meilleur dans cette pièce, annonça Dylan.

Elle ne l'avait pas entendu venir et retint un cri lorsque ses larges mains se posèrent sur ses bras.

— Eh bien, qu'en pensez-vous ? poursuivit-il.

C'était bien là tout le problème : elle ne pouvait pas penser ! Ne voulait pas penser. Il se tenait trop près d'elle, et ses mains pesaient sensuellement sur ses épaules...

— C'est merveilleux, dit-elle d'une voix presque haletante.

— Détendez-vous, Emily, lui conseilla-t-il alors. Votre dos est tout noué...

Il commença à lui masser le cou, les épaules... Ses mains lui procuraient d'incroyables sensations. Elle ferma les yeux, tout en se mordant de plaisir la lèvre inférieure. Elle sentait la tension de son cou et de ses épaules refluer et laisser place à un autre genre de tension...

Elle se sentait en communion totale avec ce qui l'entourait : la chaleur et les crépitements des flammes, la rumeur assourdie du ressac, tout lui semblait vivre en elle, palpitait dans ses veines... Elle se blottit dans les bras de Dylan et se sentit fondre...

« Dis-le-lui, l'encouragea alors une voix. Dis-lui la vérité, tu peux lui faire confiance, il t'aidera ! »

Elle s'efforça de se concentrer sur cette voix, voulut même lui obéir, mais lorsque les lèvres de Dylan touchèrent sa nuque, toute pensée s'envola... Et quand il se mit à mordiller le lobe de son oreille, le seul son qui sortit de sa bouche fut un gémissement lascif.

Il la fit alors pivoter sur elle-même, puis, capturant sa bouche, il murmura :

— Je t'aime, Emily. Laisse-moi t'aimer...

Ces paroles, où perçaient un besoin ardent, une intensité poignante, furent sa perte... Elle ne pouvait plus nier le désir de Dylan — ni le sien !

Craignant de chanceler, elle noua ses mains autour de son cou, et chuchota à son tour :

— Oui...

# 8.

D'un élan possessif, Dylan prit la bouche d'Emily. Son cœur cognait violemment dans sa poitrine et lorsque la langue de la jeune femme se mêla à la sienne, timidement, il dut se contrôler pour ne pas la prendre, lui, rapidement et sauvagement.

Surtout, ne pas l'effrayer ! s'enjoignit-il.

Même si cela le mettait au supplice, il allait prendre son temps, lui faire l'amour lentement.

Grâce à sa volonté de fer, il continua à l'embrasser tendrement, mordillant sa lèvre inférieure, avant d'explorer de nouveau sa bouche avec ardeur. Cette fois, la respiration de la belle Emily se fit plus saccadée, tandis que leurs langues se pourchassaient passionnément.

Les mains de Dylan remontèrent le long de son dos jusqu'à sa nuque, pour s'enfouir dans la masse de sa chevelure soyeuse. Il inclina légèrement la tête de sa belle partenaire en arrière pour mieux la déguster. Elle gémit et il leva les yeux vers elle pour rencontrer son regard et s'y noyer. Comme il aimait ce visage ! L'amour rosissait les joues d'Emily, les baisers avaient joliment meurtri ses lèvres… Le désir scintillait dans ses yeux vert doré…

— Dis-moi que tu me désires, lui demanda-t-il alors d'un ton pressant.

Il avait besoin de l'entendre le lui dire, besoin de savoir qu'elle n'éprouvait ni doute ni hésitation.

— J'ai envie de toi, Dylan, lui dit-elle alors, très envie de toi…

Son aveu l'enflamma. Capturant de nouveau la bouche de la jeune femme, Dylan l'embrassa passionnément. Il était tellement soulagé qu'elle soit sûre d'elle, qu'aucune réticence ne vienne porter d'ombre sur leurs ébats. Désormais, il pouvait laisser libre cours à sa passion.

Il la souleva de terre pour l'emmener dans sa chambre. Dans son lit.

« Tu m'appartiens », pensa-t-il en ouvrant la porte de sa chambre d'un pied agile et en s'introduisant à l'intérieur. Il la tenait étroitement dans ses bras, continuant à l'embrasser. Puis il la laissa lentement glisser contre son corps.

Alors, Emily posa les mains sur sa poitrine, fit rouler ses muscles sous ses doigts, prêta l'oreille aux battements sourds de son cœur. Elle avait été sincère, tout à l'heure : elle le désirait vraiment, et avec une urgence dont elle était la première surprise. Mais en dépit de ce désir qui courait dans ses veines, la culpabilité restait tapie en elle, la rongeait et l'empêchait de s'abandonner.

*Elle devait lui dire la vérité !*

Peu importait ce qui lui arriverait, à elle ; elle devait d'abord penser à sa grand-mère. Or, s'il était mis au courant, nul doute que Dylan pourrait intervenir en sa faveur. C'était un homme bien, attentionné ; il ne laisserait personne s'en prendre à une vieille femme utilisée comme otage.

« Tu peux lui faire confiance, tu dois lui faire confiance. »

Elle lutta pour rassembler ses idées, trouver les mots adaptés, mais les baisers de Dylan étaient si insistants, et ses caresses si troublantes, si affolantes…

— Dylan, attends, dit-elle en se détachant de lui. S'il te plaît, je voudrais…

— Oui, dis-moi tout ce que tu veux, murmura-t-il d'une voix lascive. Tout ce qui te plaît… Est-ce cela ?

Elle gémit sous la morsure exquise.

— Dylan…

— Ou bien cela ?

Les mains de Dylan venaient de se refermer sur ses seins dont il pétrissait la chair sensible. Elle chercha son souffle, délicieusement, et cria quand il agaça les pointes qui devinrent dures comme des perles.

*Elle devait lui dire la vérité, se rappela-t-elle doulou-reusement, il le fallait !*

Et pourtant… Les sensations qui traversaient son corps, ondes successives de chaleur et de frissons mêlés, lui procuraient des vertiges qui la réduisaient à l'impuissance.

A présent, Dylan dégrafait les boutons de son corsage. Il plaqua la bouche sur l'épaule qu'il venait de dénuder et la mordit sensuellement. Une fois de plus, Emily frissonna, gémit langoureusement…

En un rien de temps, la blouse rejoignit le sol et Dylan découvrit les seins d'Emily dans leur écrin de dentelle. Tandis qu'il promenait les lèvres sur les épaules de la jeune femme, il continua de caresser les pointes déjà dures de ses seins et de lui arracher des soupirs. Puis il chercha l'attache du soutien-gorge, la fit sauter de deux doigts : des seins blancs et étonnés jaillirent, tout à fait nus.

— A moins que ce ne soit cela que tu veuilles ? poursui-vit-il d'un ton rauque.

Puis il pressa sa chair.

Emily s'abandonna aux sensations. Les mains enfouies dans l'épaisse chevelure de Dylan, elle s'offrit à ses baisers tout à la fois moelleux et exigeants. Et lorsqu'il se pencha pour lécher ses seins, elle crut mourir… Le plaisir fusa jusque dans ses reins. Puis explosa dans son ventre.

C'était la première fois qu'elle vivait une expérience si intense, si exaltante ; la première fois qu'elle connaissait une telle passion, et cela l'effrayait et la grisait en même temps. Allait-elle en sortir intacte ? Ou bien se briserait-elle tout simplement sous le joug de son amant ? Un joug si délicieux et si violent…

— Tout mon corps te réclame, Dylan, murmura-t-elle en le pressant contre ses seins.

*Il allait la rendre folle !* Elle vibrait, croyait voir mille couleurs éclatantes et entendre des allegros emportés… Son sang courait plus qu'il ne coulait dans ses veines.

Elle voulut retirer à Dylan son polo, mais il devança son geste et, bientôt, le cercle brûlant de ses bras nus l'étreignit. Elle caressa son torse musclé, sa peau couple ; puis elle se lova contre lui.

Alors, il la fit basculer avec lui sur le lit. Elle était toute tremblante de désir et d'appréhension. Il s'allongea sur elle, pesant de tout son corps viril et désirant. D'abord, il se contenta de l'embrasser — mais d'un baiser si ardent qu'il lui arracha des gémissements. Elle était tout près de le supplier, pour qu'il aille enfin plus loin.

« Penwyck, du sang-froid ! » s'ordonna Dylan qui se sentait perdre la tête et le contrôle. Il devait encore prolonger ces délicieux préludes, attendre et faire attendre, retarder le moment de se fondre en elle comme il en mourait d'envie.

Déterminé à contenir la passion qui le dévorait et à combler de volupté sa maîtresse, il se laissa lentement glisser le long de son joli corps et, avec une langueur toute calculée, lui retira son pantalon. Il sentit le long frémissement qui la parcourut tandis que ses doigts descendaient des hanches jusqu'aux chevilles…

Enfin, elle était nue — à l'exception du triangle de dentelle qui voilait sa toison et son intimité de femme. Dylan ne s'était jamais senti aussi ému en faisant l'amour...

Elle était d'une beauté indicible, songea-t-il, ébloui. Sa merveilleuse chevelure déployée sur l'oreiller, sa peau couleur d'ivoire fin, ses seins fermes et ronds, et leurs pointes rose thé — tout cela fait pour les caresses d'un homme. *Les tiennes, Penwyck*... Et ses jambes de rêve, sa taille svelte, ses hanches douces et rondes... Oui, vraiment, elle possédait tout ce qu'il fallait pour rendre un homme fou de désir.

— Tu es si belle, chuchota-t-il.

Le compliment la fit rougir. Une soudaine pudeur la poussa à couvrir ses seins et à les cacher au regard de Dylan, mais il arrêta son geste et, portant la main d'Emily à sa bouche, il en embrassa sensuellement chacun des doigts, l'un après l'autre, s'égara sur son poignet... Quelle peau satinée elle avait ! Pouvait-on songer à se séparer d'un tel trésor ?

Comme elle se cambrait sous lui, s'offrant à lui, il posa les mains sur son ventre lisse et plat, avant de glisser un doigt sous la dentelle blanche. Il découvrit alors, émerveillé, combien elle était déjà onctueuse et désirante, prête pour lui. Un gémissement rauque lui échappa et Dylan en fut comme fouetté. Et, plus grisé que jamais, il se mit à caresser doucement la chair secrète de sa compagne.

Mais, comme elle, il en voulait plus. Il lui jeta un regard brillant puis enfouit la tête entre ses cuisses et l'embrassa à travers la dentelle... Frémissante, haletante, elle s'agrippa à ses cheveux, mordilla ses doigts...

— Dylan, je t'en prie...

Il ne résista pas davantage à ses supplications, lui-même étant à bout. Prestement, il retira l'ultime barrière qui les séparait encore et, enfin, posséda ce qu'il désirait tant.

Avant de comprendre que...

Il se figea.

— Emily… ?

— Non, continue, s'il te plaît, le supplia-t-elle en enroulant les jambes plus fort autour de ses reins. S'il te plaît…

Et comme elle se mettait à chalouper sous lui, toute raison le déserta. Elle l'invitait dans ses profondeurs chaudes et étroites et il s'y noya totalement. Un besoin primitif, sauvage, comme jamais il n'en avait connu le consumait.

Le premier frisson de plaisir qui parcourut le corps d'Emily se communiqua immédiatement à son propre corps embrasé. Il sentit la chair de la jeune femme l'envelopper étroitement comme l'aurait fait un fourreau fait pour lui. Mais ils avaient tellement résisté, tellement attendu… qu'ils ne pouvaient plus, ni l'autre ni l'autre, imposer à leurs corps une tension supplémentaire. Si bien que la jouissance fut immédiate et violente ; des spasmes aigus les enchaînèrent l'un à l'autre comme deux noyés avant de les relâcher épuisés et comblés.


Enfin repus de plaisir, tous deux luttaient à présent pour recouvrer leur respiration. Dylan roula sur le dos, tenant Emily serrée contre lui.

Combien de temps restèrent-ils ainsi enlacés ?… Emily avait l'impression de vivre le temps au ralenti. Il lui semblait même qu'il s'était arrêté, la figeant à jamais dans un état de pure félicité.

Sa tête était posée sur la poitrine de Dylan, et elle écoutait le battement régulier et lourd de son cœur. Le sien battait toujours la chamade, mais son souffle était plus calme. Une sensation de légèreté infinie la portait aux nues, lui donnait l'impression de flotter.

Souvent, elle avait entendu ses amies évoquer la merveilleuse langueur qui suivait les étreintes mais jamais elle n'avait rêvé ou imaginé que faire l'amour puisse procurer de si sublimes sensations. Ni soupçonné qu'un homme sache si bien faire chavirer une femme et lui offrir une volupté si complète qu'elle n'ait plus rien d'autre à demander à la vie…

Oui, en dépit de son manque d'expérience, Emily devinait que ce qui venait de se passer n'était pas ordinaire. C'était bien trop fort…. Son corps palpitait toujours de folles sensations, son esprit vacillait encore… Aucun autre homme n'aurait été capable de la mener si loin, si haut, elle en était certaine.

Dylan…

Le seul homme qu'elle ne pourrait jamais avoir… *Le seul qui ne voudrait plus d'elle une fois qu'il apprendrait la vérité !*

— Tout va bien ? demanda-t-il d'une voix tendue, presque inquiète.

— Oui, murmura-t-elle en embrassant délicatement son épaule musclée.

Elle mentait. Elle n'allait pas si bien, depuis qu'elle était redescendue sur terre. La réalité l'avait vite rattrapée, hélas, et la culpabilité la submergeait de nouveau. Fermant les yeux, elle expira une longue et lente bouffée d'air.

Que faire ? pensa-t-elle au comble du désespoir. « Mon Dieu, je vous en prie, dites-moi ce que je dois faire ! »

Pourtant, au fond de son cœur, de son âme, elle savait exactement ce qu'elle avait à faire.

Dylan sentit qu'elle s'écartait de lui. Il devait dire quelque chose, mais il n'était pas certain de prononcer les mots justes. Devait-il lui dire qu'il ne lui aurait pas fait l'amour s'il avait su qu'elle était vierge ? Qu'il était désolé de l'avoir prise ?

Non !

Il ne pouvait proférer de tels mensonges. Parce que même si elle l'avait prévenu, il lui aurait tout de même fait l'amour. Parce qu'il n'était pas désolé du tout de ce qui venait de se passer. Il l'avait désirée à la seconde même où il avait posé les yeux sur elle. Oui, dès cet instant, il n'avait plus eu de cesse qu'il ne l'eût entraînée dans son lit. Et le fait qu'aucun homme avant lui ne l'ait possédée ne changeait rien aux sentiments qu'elle lui inspirait.

D'ailleurs, pour être entièrement honnête avec lui-même, il devait admettre qu'il était même plutôt heureux qu'aucun autre avant lui ne l'ait aimée. Oui, le fait d'être le premier le remplissait de bonheur. Certes, il était conscient que la situation se compliquerait un peu lorsqu'elle se rappellerait qui elle était, mais il était convaincu qu'ils parviendraient à surmonter ces obstacles.

Aucune femme ne l'avait jamais comblé à ce point. Ce n'était pas son innocence qui agissait si puissamment sur lui, non, elle l'avait ensorcelé bien avant qu'il ne découvre qu'elle était vierge. C'était elle, Emily, tout simplement. L'effleurement de ses doigts graciles, le frôlement de sa bouche charnue sur son épaule, les voluptueux gémissements pendant l'amour…

Chaque baiser, chaque caresse, chaque soupir avaient allumé en lui un besoin qui dépassait l'attirance physique. La folle emprise qu'elle exerçait sur lui n'était pas sans l'effrayer un peu, mais il ne pouvait pas s'y soustraire.

Pour l'heure, il était heureux de la tenir contre lui.

Les battements de son cœur étaient redevenus réguliers, tout comme sa respiration. Lorsqu'elle s'écarta de lui, le simple mouvement de sa jambe se démêlant de la sienne fit renaître son désir. Allons, du calme ! Si puissante que fût son envie de se noyer de nouveau en elle, de lui donner encore du plaisir, il savait aussi qu'elle avait besoin d'un peu de temps pour se remettre de ce qu'elle venait de vivre avec lui.

Caressant distraitement le bras doux et chaud d'Emily, il déclara alors :

— Au moins, nous savons à présent qu'aucun mari ne se languit de ton absence.

A ces mots, elle se raidit puis reposa la tête sur sa poitrine. Lorsqu'il sentit sur sa peau les larmes chaudes qui coulaient de ses yeux, il sourcilla. Puis, soulevant son menton, il l'obligea à soutenir son regard.

— Je ne voulais pas te faire pleurer, lui dit-il, surpris par sa réaction. Le fait d'avoir perdu ta virginité te contrarie-t-il à ce point ?

— Non, ce n'est pas cela. Tu n'es pas en cause. C'est moi… Ce que j'ai fait, ce n'est pas bien.

Son front s'assombrit davantage encore et il déclara :

— Emily, ce qui est fait est fait. Nous sommes tous deux des adultes. Je te désirais et tu me désirais. Quel mal y a-t-il à cela ?

Sans le regarder, elle se leva brusquement et commença à se rhabiller. A son tour, il s'assit sur le lit, passa une main dans ses cheveux, décontenancé et contrarié qu'elle refuse de lui répondre. Qu'elle soit déjà si distante alors que les draps froissés étaient encore tout chauds.

Il la suivit du regard… Elle se dirigea vers les immenses baies du cottage où elle se perdit dans la contemplation de l'océan.

Au loin, il entendait les cris des mouettes, le fracas des vagues contre les rochers. Et attendait sa réponse avec une impatience accrue.

— Bridgewater, déclara-t-elle tout à coup.

— Bridgewater ?

— C'est mon nom. Je m'appelle Emily Bridgewater.

Quelque chose dans sa voix le mit en alarme et son sang se glaça soudain dans ses veines.

Lentement, il se leva à son tour, se saisit de son pantalon.

— Tu te rappelles ton nom ?

A cet instant, elle lui fit face, puis détourna les yeux devant sa nudité.

— Je suis institutrice à West County, annonça-t-elle.

— A Marjorco ?

Sans être jamais allé personnellement dans cette petite ville, il en connaissait l'existence.

— Oui, c'est là-bas que j'habite, avec ma grand-mère, Olivia Bridgewater.

Le regard toujours rivé sur elle, il enfila son pantalon.

— Et tu viens de te souvenir de tout cela à l'instant ?

— J'ai toujours su qui j'étais, murmura-t-elle alors. Dès le premier jour.

— Pardon ? fit-il d'une voix blanche. Qu'es-tu exactement en train de me dire ?

— Je t'ai menti.

Sa voix tremblait…

Elle ferma les yeux, aspira un large trait d'air, puis, rouvrant les paupières, elle se heurta à son regard aussi dur que l'acier.

— Je t'ai menti sur tout, ajouta-t-elle.

# 9.

— *Tu m'as menti ?*

Ces mots, prononcés avec un calme glacial, un contrôle absolu, la firent frémir. Le regard bleu perçant de Dylan s'enchaîna au sien. Elle retint son souffle, s'armant de courage pour ce qui allait suivre. Non, elle ne regrettait pas son aveu, puisqu'elle avait agi en son âme et conscience, selon son cœur.

De toute façon, à présent, elle ne pouvait plus faire machine arrière. Les dés étaient jetés.

— Oui, répondit-elle.

Dylan lui évoqua subitement un fauve fonçant sur sa proie, comme dans un film au ralenti, avec une démarche à la fois menaçante et déterminée…

*Non, elle ne s'enfuirait pas !*

Si forte que fût la tentation, quoique ses jambes fussent de coton, elle s'efforçait de rester devant lui et de lui faire face. L'heure d'affronter les conséquences de ses actes avait sonné.

Quand il fut tout près d'elle — près au point qu'elle sentit la chaleur de son corps, son odeur de musc et qu'elle vit la colère scintiller dans ses yeux —, ses jambes se mirent à trembler. Et s'il ne l'avait pas brutalement saisie par les bras, elle serait tombée sur le sol, à ses pieds.

— *L'accident*, dit-il enfin, mâchoires serrées. Ma voiture t'a bien renversée, tout de même !

— Ce n'était pas un accident dû au hasard, expliqua-t-elle d'un ton saccadé.

— *Pourquoi ?*

Le mot, cinglant, allait droit au but.

— Je n'ai pas eu le choix, je te le jure, je…

— On a toujours le choix, Emily ! rétorqua-t-il durement en resserrant son étreinte. Toujours.

Elle grimaça de douleur et précisa :

— Ils ont enlevé ma grand-mère.

A ces mots, il la jaugea un instant puis, les yeux semblables à deux lames d'acier, il demanda :

— *Qui ?* Dis-le-moi !

— Je…

Elle devait s'efforcer de respirer calmement, sa vue se brouillait… Puisant dans ses ultimes ressources, elle poursuivit :

— Je ne sais pas qui ils sont, dit-elle d'un ton haletant. Le seul homme que j'ai vu, c'est celui qui m'a conduite en haut de la route. Sinon, on m'a toujours contactée par téléphone. Un certain Frederick… Il m'a dit qu'il tuerait ma grand-mère si je ne suivais pas exactement ses ordres.

— Et que t'a-t-il ordonné de faire *exactement* ?

— De… de sympathiser avec toi.

— Eh bien, fit-il en approchant dangereusement son visage du sien, on peut dire que tu as accompli ta mission cinq sur cinq !

Là-dessus, il la relâcha brutalement et elle chancela contre la baie. La douleur qu'elle ressentit à l'épaule, au moment où elle heurta la vitre, lui fit l'effet d'une flèche empoisonnée.

— Croyais-tu que le fait d'avoir couché avec moi aurait rendu ta punition moins sévère si tu étais prise ? demanda-t-il sèchement. Est-ce pour cette raison que tu as couché avec moi ?

— *Non !* Je n'ai jamais prémédité ce qui vient d'arriver. Je croyais que je parviendrais à mes fins sans que nous devenions si… si intimes.

Implacable, il se tenait devant elle, bras résolument croisés, et à chaque parole qu'elle prononçait, à chaque justification, elle avait l'impression d'attiser sa fureur.

— Pourquoi toi ? Pourquoi t'ont-ils choisie *toi*, précisément ?

— J'ignore comment ils m'ont trouvée, mais ce qu'ils m'ont dit, c'est que je ressemblais à une femme dont tu étais amoureux autrefois, une certaine Katherine.

— Katherine était la fille d'un conseiller de mon père. J'avais dix-huit ans ; elle en avait vingt et un. L'amour n'avait rien à voir avec cette relation.

Secouant la tête, il se mit à jurer :

— Nom de Dieu ! D'où ces salauds tiennent-ils donc leurs fichues informations ?

A cet instant, il lui tourna le dos…, avant de pivoter de nouveau sur ses talons.

— Et qu'étais-tu censée faire, une fois à l'intérieur du palais ?

— Pénétrer dans ta suite. Ils m'ont donné le code secret de tes appartements privés ainsi que la combinaison de ton coffre-fort.

— *Mon coffre-fort ?* s'exclama-t-il au comble de la fureur. Mais comment ont-ils bien pu se procurer la combinaison de mon coffre ?

— Je l'ignore, je…

— Cesse de mentir, Emily ! lui ordonna-t-il en lui saisissant brutalement le menton. Maintenant, je veux la vérité, toute la vérité, compris ?

Elle déglutit avec difficulté, et tâcha de retenir les larmes qui lui piquaient les yeux.

— Je t'ai dit la vérité…, affirma-t-elle au désespoir. Tout ce que je sais, c'est que ton coffre-fort contient des documents qui les intéressent et que je devais subtiliser pour leur remettre.

— Quels documents ? Que veulent-ils ?

Son visage était ravagé par la colère. Et dire que quelques minutes auparavant, cette belle bouche lui souriait et ses yeux bleus rayonnaient d'amour. Hélas, plus jamais il ne la regarderait de cette façon ! Désormais, elle ne lirait que du mépris et du dégoût sur cette noble figure.

— Ça concerne des diamants, répondit-elle en essuyant du revers de sa manche la maudite larme qui coulait le long de sa joue. Ils prétendent que ta famille détient des diamants qui leur appartiennent, et que le coffre renferme les documents prouvant ce qu'ils avancent et leur permettant de rentrer en possession de leur bien.

— Les fous ! Les idiots !

Encore une fois, il la relâcha brusquement et, se saisissant de sa chemise sur le lit, il l'enfila non sans poursuivre :

— Connais-tu le nom de l'homme qui t'a conduite sur les lieux — si tant est que tu veuilles me le dire ?

— Sutton, fit Emily en se frottant les bras.

Elle grelottait d'effroi, incapable de se maîtriser. Pourtant, elle ajouta :

— Je suis certaine que ce n'est pas son véritable nom, mais je peux te le décrire. Et hier, il était là, au palais, lorsque nous étions sur le balcon de la salle de bal. Je l'ai aperçu juste après que…

125

« … juste après que tu m'as embrassée », avait-elle manqué de dire, mais elle s'était ravisée à temps. Elle ne pouvait plus penser à cela désormais, ne pouvait plus se permettre de se rappeler la passion qu'ils avaient partagée… au risque de s'effondrer.

— Un des gars de l'Organisation s'est introduit dans le palais ? fit-il le front sombre, le regard noir.

— Et tient donc ma grand-mère…

Incapable de tenir plus longtemps debout, elle se laissa glisser le long de la vitre et tomba plus qu'elle ne s'assit sur le sol. Elle était effrayée, *épouvantée* !

— Sutton faisait partie du groupe de touristes qui visitait la salle de bal. C'est pour cela que j'étais si affolée. Les individus qui ont enlevé ma grand-mère m'ont prévenue qu'ils surveilleraient le moindre de mes mouvements, et qu'ils sauraient immédiatement si je tentais d'obtenir de l'aide ou de les dénoncer à la police. Lorsque j'ai vu Sutton, j'ai craint qu'il ne soit venu dans le dessein d'entrer en contact avec moi.

— Comment étais-tu censée les contacter ? demanda durement Dylan.

— Ils m'ont donné un numéro de téléphone. Celui d'une cabine téléphonique, je présume, car je dois les appeler demain à 3 heures précises, pas avant ni après.

— Parfait ! Tu feras ce qui est prévu, lui dit-il toujours sur le même ton glacé.

Là-dessus, il décrocha le combiné du téléphone qui se trouvait sur la table de nuit et composa un numéro. Au bout de quelques secondes, il ordonna à son correspondant d'un ton qui n'admettait aucune réplique :

— Envoyez trois hommes au cottage de la falaise. Dites à Monteque que je dois le voir de toute urgence et que je serai dans son bureau dans vingt minutes.

126

Cela fait, il raccrocha et revint vers elle. Ses yeux brillaient toujours de colère. Le Dylan qu'elle avait connu n'existait plus. Un homme amer et orgueilleux l'avait remplacé.

— Détiens-tu des indices ? demanda-t-il froidement. Des éléments qui pourraient nous renseigner sur l'endroit où se cachent ces individus.

— J'ai enregistré notre première conversation téléphonique sur mon répondeur. J'ai déposé la cassette qui contient cet enregistrement dans un coffre-fort à la First National Bank à West County. Le numéro est…

— Je n'ai pas besoin de ce numéro pour accéder au coffre, déclara-t-il alors d'un ton méprisant en la jaugeant lentement, de la tête aux pieds.

Quand il eut terminé son inspection, il déclara :

— Des gardes vont venir surveiller le cottage. Tu resteras ici jusqu'à ce que je décide ce que je dois faire de toi.

Sans ajouter un mot, il laça ses chaussures et se dirigea vers la porte.

— Dylan !

Il s'immobilisa sans se retourner.

— Crois-moi, je t'en prie, supplia-t-elle. Je suis désolée. Je n'ai jamais eu l'intention de… Enfin, que nous…

— Epargne-moi tes excuses, trancha-t-il en lui tournant toujours le dos comme s'il ne supportait même plus de poser son regard sur elle. Tu comprendras que désormais je ne peux croire un traître mot qui sort de ta bouche. Et en ce qui concerne tes intentions, tu connais comme moi l'adage selon lequel l'enfer est pavé de bonnes intentions !

Des larmes brûlantes coulaient à présent sur ses joues. La vue brouillée, elle le regarda sortir… Sur le seuil, il se retourna une ultime fois et déclara d'un ton menaçant :

— Surtout, ne t'avise pas de fuir, Emily ! Je te retrouverai où que tu ailles.

— Je ne fuirai pas, dit-elle alors les yeux dans le vide. Je m'inquiète uniquement pour ma grand-mère. Quant à ce qui peut m'arriver à moi, je m'en fiche.

— Eh bien, dans ces conditions, nous sommes deux !

Ces propos, aussi tranchants que du verre cassé, lui brisèrent le cœur. Elle ferma les yeux de douleur. Oh, elle ne le blâmait pas ! Comment aurait-elle pu le blâmer ? Elle méritait sa fureur, son mépris et plus encore.

Quelques secondes plus tard, elle entendait la porte d'entrée se refermer derrière lui. A cet instant, le cri des mouettes et l'agitation de l'océan envahirent le cottage. Mais cette fois, tout charme avait disparu. Désormais, rien ne serait plus comme avant.

Avait-elle commis une affreuse erreur en lui confiant la vérité ? Son honnêteté allait-elle lui être fatale, non seulement à elle, mais aussi à sa grand-mère ?

A bout de force, elle enfouit sa tête dans ses mains en priant pour que Dylan, s'il ne lui pardonnait pas, mette au moins tout en œuvre pour l'aider.


En moins d'une heure, Dylan convoqua les hauts responsables des CRE et ils se retrouvaient à présent tous dans son bureau : l'amiral Monteque, le duc Carson, Pierceson Prescott et sir Selwin Estrabon. Des hommes puissants et impressionnants.

Des hommes de confiance, sur qui Dylan pouvait se reposer les yeux fermés. Leur intelligence et leur bravoure n'étaient plus à démontrer. Ils avaient déjà fait leurs preuves à maintes reprises. Ils possédaient leur propre code d'honneur, leurs propres règles et tendaient vers le même but : protéger leur pays et leur roi à tout prix et en toute circonstance.

Ils écoutèrent avec une attention soutenue les faits que Dylan leur présenta. Olivia Bridgewater, la grand-mère d'Emily, avait été kidnappée. Sa vie était en danger si sa petite-fille ne se conformait pas aux ordres qu'elle avait reçus, à savoir voler les documents relatifs aux diamants dans le coffre du prince — de qui elle était censée gagner la sympathie pour arriver à ses fins, d'où l'accident.

— Sait-elle de quelle façon les Chevaliers noirs sont entrés en possession du code secret de ta suite et de la combinaison de ton coffre-fort ? demanda Monteque.

Dylan secoua la tête en signe de négation avant de répondre :

— Je présume qu'à l'intérieur du palais, ils ont un informateur, à moins qu'ils n'aient réussi à se le procurer en accédant au système central informatique qui contrôle tous les codes. Mais en ce qui concerne mon coffre-fort, j'avoue que là, je suis perplexe. Personne à part moi ne connaît la combinaison.

— Je vais demander à mes hommes de procéder à des investigations poussées, déclara Carson Logan. Il se peut qu'une minicaméra bien placée soit à l'origine de cette fuite.

L'idée qu'un intrus se fût introduit dans ses appartements privés pour y dissimuler une caméra secrète le mettait en rage. Mais pas autant que la trahison d'Emily.

*Je t'ai menti sur tout.*

Cette horrible phrase ne cessait de résonner dans sa tête. Comment pouvait-il avoir été aussi stupide, aussi naïf ? Cette question, il se l'était posée cent fois depuis qu'il avait quitté le cottage.

Elle avait été si convaincante, avait fait preuve d'une intelligence si maligne. Sa belle et innocente Emily. Sa douce et vulnérable Emily…

*Emily la menteuse, la traîtresse, oui !*

— Dylan ?

Il s'arracha à ses propres pensées, agacé de s'être laissé distraire — ne serait-ce que l'espace de quelques secondes. Quelques secondes ? Visiblement, Carson lui avait posé une question qu'il n'avait pas entendue et il attendait maintenant une réponse.

— Pardon ?

Un brin étonné, Carson reprit :

— Deux de mes hommes vont interroger Emily Bridgewater. Souhaitez-vous être présent ?

— Non.

Il ne préférait pas. Elle l'avait trop profondément blessé pour qu'il veuille la revoir. Il n'était pas certain de pouvoir contrôler ses émotions s'il se retrouvait dans la même pièce qu'elle, maintenant.

— J'ai d'autres questions à régler, ajouta-t-il. Faites-moi un rapport.

— Entendu, Votre Altesse royale.

— Dois-je demander que l'on nous envoie la cassette qu'elle a placée dans le coffre-fort de la First National Bank ? interrogea Selwin Estrabon.

— Oui, et lorsque vous l'aurez, remettez-la-moi en mains propres. Rassemblez toutes les cassettes qui ont enregistré les visites des groupes touristiques, hier. Mlle Bridgewater affirme qu'elle a reconnu parmi eux l'homme qui l'a conduite en haut de la falaise. Faites-lui visionner les cassettes et observez sa réaction.

Sur ces mots, Dylan se leva — ce qui signifiait que la réunion de crise était terminée. Les chaises grincèrent sur le plancher, on entendit un bruit de papier froissé. Chacun se retirait et rangeait ses affaires

— Que devons-nous faire pour la grand-mère ? demanda alors Pierceson Prescott.

Dylan le fixa quelques secondes sans répondre.

Pierceson était d'une stature impressionnante, et, en tant que membre éminent du commando d'élite du palais, il était lui aussi initié aux arts martiaux. Dylan observa ensuite tour à tour les autres hommes qui se trouvaient dans la pièce. Chacun d'eux avait sa spécialité, sa propre expérience. Le bureau vibrait de tension, chacun s'apprêtant à remplir une mission de première importance.

— Je veux que vous trouviez où ces lâches retiennent Olivia Bridgewater, déclara-t-il impassible. Alors nous irons la sortir des griffes de ses ravisseurs. Vivante.

— *Nous ?* fit Prescott en fronçant les sourcils. Vous n'avez tout de même pas l'intention de…

— Si, j'en ai précisément l'intention.

Un muscle de sa joue tressaillit alors, puis, jaugeant de nouveau tous ces hommes l'un après l'autre — notant au passage leurs visages déconcertés —, il ajouta :

— Si quelqu'un a une objection à formuler, qu'il le fasse.

Les hommes échangèrent alors un bref regard, puis un sourire succéda à la surprise, sur leur visage. Alors Prescott fit un pas en avant et déclara respectueusement, au nom de tous les autres :

— Assurément, non, Votre Altesse royale. Nous en sommes au contraire fort honorés.

— Je *veux* que l'on me rapporte le moindre détail, la plus infime information, décréta Dylan. Rendez-vous à 20 heures précises, ce soir.

Lorsque tout le monde fut sorti, Dylan se dirigea vers un robinet dissimulé dans un placard et s'aspergea la face d'eau glacée.

Sur le chemin du retour, il avait été la proie d'une trop violente colère pour avoir les idées claires. Sa fierté était écorchée vive. Bon Dieu ! La seule pensée qu'Emily fût en contact avec les Chevaliers noirs le faisait frémir... Malgré lui, il émit un nouveau juron.

Il ne cessait de ressasser la scène de l'accident, de leur rencontre fatale. L'image de la limousine heurtant sa bicyclette était gravée à jamais dans son cerveau. En revanche, il devait faire un effort pour se rappeler ce qui s'était passé juste quelques secondes avant l'accident. Il ferma les yeux, repassant la scène au ralenti sur l'écran de sa mémoire, s'efforçant de se rappeler tous les détails...

... Il était en train de discuter avec Liam. Ils évoquaient une partie de poker. « Me laisser gagner ? » avait dit Liam en éclatant de rire. Et puis il avait brutalement interrompu sa phrase lorsque la bicyclette avait surgi, en haut de la route. « Regarde devant toi ! » avait hurlé Dylan. Mais il était trop tard. Liam avait vainement écrasé la pédale de frein...

Dylan ferma les paupières encore plus fort pour se souvenir de l'instant qui avait précédé l'accrochage...

Emily portait un chemisier blanc à manches courtes et une jupe en jean. A la vue de la limousine, ses yeux s'étaient écarquillés de terreur, son épaisse chevelure avait volé autour de sa tête... Soudain, il se raidit. Il se rappelait à présent un curieux détail : sa joue gauche était toute rouge !

Comme si quelqu'un l'avait giflée quelques secondes auparavant.

*Sutton !*

Instinctivement, Dylan serra les poings. Emily avait affirmé qu'il l'avait conduite sur les lieux. Visiblement, il l'avait frappée avant de l'envoyer sous les roues de la limousine. Etait-ce pour la forcer à obéir parce qu'elle hésitait ou bien pour accréditer la thèse de l'accident en lui faisant un hématome ? Il l'ignorait.

Bon sang ! Il attendait avec impatience le moment où il se retrouverait en tête à tête avec ce salaud. Il était curieux de voir comment il se comportait quand il ne frappait pas les jeunes femmes ou n'enlevait pas les vieilles dames.

— Dylan ?

Au son de cette voix familière, il se retourna et inclina respectueusement la tête.

— Bonjour, mère.

Elle pénétra dans le bureau et referma doucement la porte derrière elle. Elle portait un tailleur en cashmere couleur sable et des souliers à talons bas, d'une nuance plus foncée. Aujourd'hui, elle avait relevé ses cheveux en un chignon, ce qui soulignait la grâce de son cou et mettait en valeur les boucles d'oreilles en diamants que son mari lui avait offertes pour leur vingt-cinquième anniversaire de mariage.

Une lueur de souci se reflétait dans les yeux bleu vif de Marissa lorsqu'elle déclara :

— Assieds-toi, Dylan, et raconte-moi ce qui se passe.

Il avança une chaise pour sa mère, puis attendit qu'elle ait pris place pour s'asseoir à son tour. Alors il reprit l'histoire depuis le début. L'accident et l'amnésie d'Emily étaient un stratagème, auquel elle avait été contrainte, afin de s'introduire dans le palais et de subtiliser des documents dans son coffre-fort. Il n'oublia pas de mentionner l'enlèvement de la grand-mère, comme moyen de chantage. Ou fallait-il parler de prétendu rapt ?

— Pour l'heure, conclut-il, Emily se trouve au cottage, sous haute surveillance. Mes hommes vont procéder à des interrogatoires croisés pour déterminer si elle dit la vérité.

— Bien sûr qu'elle dit la vérité ! s'écria Marissa d'un air indigné. Elle n'a aucune raison de mentir — d'autant que la vie de sa grand-mère est menacée. As-tu le moindre indice sur le lieu de captivité de la pauvre vieille femme ?

— Pour l'instant, non, mais nous misons beaucoup sur la cassette où la première conversation entre Emily et les scélérats a été enregistrée. Elle doit également leur téléphoner demain, ainsi nous allons localiser l'appel et, partant, l'endroit où ils se trouvent.

— Parfait, fit Marissa d'un ton approbateur. Tu as agi comme il le fallait, étant donné les circonstances et ta propre implication.

— Je ne suis pas impliqué dans cette histoire, répondit-il d'un ton résolu.

— Ah bon ? fit Marissa, petit sourire à l'appui.

Ce fameux petit sourire entendu que les mères abordent en face de leur fils et qui signifie qu'ils peuvent difficilement leur mentir.

— Dans ces conditions, enchaîna-t-elle, comment se fait-il que tu aies passé le plus clair de ton temps auprès d'Emily depuis son accident et que tu l'aies conduite au cottage ?

Relevant les yeux, il croisa le regard bleu profond de sa mère.

— Cela n'a rien à voir avec l'enquête qui commence !

— Vraiment ? Nierais-tu les sentiments que tu éprouves à son égard ?

Des sentiments, il en avait eu, peut-être, mais c'était avant qu'elle ne l'informe de son imposture. Et ce qu'il ressentait maintenant ne comptait plus. Quoi qu'il puisse apprendre, désormais, Emily n'existait plus à ses yeux. Et en aucun cas il n'avait l'intention d'aborder ce sujet avec sa mère !

— Elle m'a menti, dit-il alors. A moi et à tout le monde.

— Elle a menti par nécessité, plaida gentiment Marissa. Pour protéger une personne qu'elle aime.

— Désolé, mais un mensonge reste un mensonge. Je ne vois pas la différence.

— Vraiment ? Et toi, ne mens-tu donc jamais ? demanda soudain Marissa. Ainsi, durant ces deux années passées loin du palais, tu as bien parcouru le monde avec des amis, n'est-ce pas ?

— Je…

Elle savait ! réalisa soudain Dylan. D'une manière ou d'une autre, sa mère avait réussi à apprendre ce qu'il avait fait et où il était durant son absence. De quelle façon ? Comment était-ce possible, avec toutes les précautions qu'il avait prises ?

— Que veux-tu dire ? demanda-t-il enfin.

— C'est sans importance, fit Marissa en soupirant. Tu as d'autres préoccupations en tête pour le moment. Mais lorsque cette affaire sera réglée, il faudra que nous ayons une sérieuse discussion en tête à tête, toi et moi.

Se rapprochant alors de son fils, elle déposa un tendre baiser sur sa tempe et ajouta :

— J'ai lu quelque part qu'une femme aime avec son cœur et un homme avec sa force. Tu possèdes une force inouïe, mon fils. Fais-en bon usage.

Déconcerté par les propos de sa mère, il la regarda sortir du bureau. Ses yeux restèrent longtemps rivés à la porte close. Quelle absurdité venait-elle de proférer au sujet de l'amour ? L'amour n'avait rien à voir dans la situation présente. Il se pouvait que la convoitise ait quelque peu embrouillé son esprit, et il plaidait volontiers coupable pour sa stupidité et sa folie. Mais l'amour ?

En soupirant, il secoua la tête. Les femmes étaient d'éternelles rêveuses, débordantes d'imagination et pétries d'illusions. Les hommes, eux, possédaient un sens inné de la réalité et s'appuyaient sur des faits pour étayer leur raisonnement. Ils ne laissaient pas l'émotion guider leur décision.

Néanmoins, il devrait revoir Emily, il le savait.

Il restait trop de questions sans réponse, des morceaux du puzzle concernant le rapt et le chantage manquaient encore. Des précisions qu'il voulait entendre de la propre bouche d'Emily.

En revanche, jamais plus elle ne le reprendrait au piège des émotions. Il avait fait une erreur de jugement une fois, mais bon sang ! il pouvait jurer qu'on ne l'y reprendrait pas !

# 10.

Les prévenances dont on l'entoura durant toute

Les prévenances dont on l'entoura durant toute la semaine
suivante contribuèrent à renforcer le sentiment de honte
qu'Emily éprouvait. Chaque matin, à 8 heures, on venait
lui livrer de la nourriture. La garde-robe confectionnée par
les soins de Dee Dee lui avait été renvoyée au cottage ainsi
que tous les accessoires de toilette et de maquillage voulus.
En outre, si elle souhaitait se distraire, elle disposait d'une
chaîne stéréo, d'une télévision et d'un lecteur de DVD, avec
un grand choix de disques. Sans compter les nombreux livres
de la bibliothèque.

Aucun barreau n'avait été scellé aux fenêtres, aucun ver-
rou posé sur les portes et personne ne l'empêchait d'aller se
promener sur la falaise, l'après-midi.

Il n'empêche : elle était bel et bien prisonnière !

Deux équipes de trois gardes en civil se relayaient pour la
surveiller vingt-quatre heures sur vingt-quatre, leurs armes
savamment dissimulées sous leurs parkas. Durant la journée,
ils patrouillaient nonchalamment autour du cottage, fumaient
et parlaient tranquillement entre eux. Un badaud aurait pu
les prendre pour des vacanciers profitant de l'air vivifiant de
l'océan. Une réalité bien éloignée pourtant de la réalité !

Emily jeta un coup d'œil par la fenêtre du salon. A une
centaine de mètres du cottage, on pouvait voir une caravane

qui constituait le QG des gardes. L'observaient-ils à la jumelle de l'intérieur ? Toujours est-il qu'ils y tenaient des réunions et y mangeaient également.

Les trois premiers jours, deux hommes répondant aux noms de Westbrook et Gibbons l'avaient assaillie d'un feu roulant de questions. Ils avaient filmé et enregistré tous les *interrogatoires*. En désespoir de cause et pour prouver sa bonne foi, Emily avait alors exigé un test de détecteur de mensonges, mais cette demande était restée sans suite. Westbrook avait simplement pris note de la requête pour la transmettre à qui de droit. Après quoi, les interrogatoires s'étaient arrêtés et, à l'exception des gardes à l'extérieur, elle aurait pu se croire abandonnée des hommes.

Et notamment de Dylan, pensait-elle le cœur serré.

Juste avant de la quitter, le jour où elle lui avait avoué la vérité, il lui avait dit se moquer royalement d'elle et de son futur sort. Ses propos avaient été des plus clairs !

Pourtant, en dépit de tout, elle ne regrettait rien.

Quelques jours auparavant, Emily avait appelé son contact — comme prévu —, mais son interlocuteur avait refusé de lui passer sa grand-mère, tout en lui affirmant qu'Olivia se portait comme un charme et qu'elle faisait la sieste. « Puisse-t-il dire vrai ! » avait-elle pensé le cœur bien lourd. Elle priait le ciel pour que l'Organisation n'ait fait aucun mal à son adorable grand-mère, et espérait ardemment que les hommes de Dylan localiseraient et neutraliseraient sans tarder les membres du groupe.

Ils le *devaient*, car elle ne *pouvait* pas envisager une autre issue.

Une rafale de vent balaya le cottage et siffla dans la cheminée. A l'extérieur, les branchages s'agitaient en tous sens, le vent soulevant des nuages de poussière et de feuilles sur son passage. Deux gardes faisaient les cent pas, les mains dans les poches. La matinée avait pourtant été belle, mais en début d'après-midi, le ciel s'était couvert, et nul doute que la soirée serait pluvieuse.

Elle poussa un profond soupir et s'arracha à la contemplation de la fenêtre. Si confortable que fût cette prison dorée, elle aurait encore préféré un véritable cellule. Car tout ici lui rappelait Dylan. Elle sentait sa présence partout, aussi inexorablement que s'il s'était tenu dans la pièce. Et comme si les journées ne suffisaient pas, il y avait les nuits…

Il lui était impossible de dormir dans le lit dans lequel ils avaient fait l'amour sans penser à lui ! Impossible de ne pas se rappeler la passion qu'ils avaient partagée ! Sa bouche, ardente et chaude, sur la sienne… Ses mains, magiques et habiles, glissant sur sa peau, l'excitant, la consumant à coups de caresses expertes, exquises… A l'idée que plus jamais elle ne connaîtrait une telle extase, son cœur se brisait.

Pourtant, elle ne regrettait pas de s'être donnée à Dylan pour la bonne raison qu'elle était tombée amoureuse de lui. Son sentiment de culpabilité et sa peur initiale l'avaient empêchée de comprendre les sentiments qu'elle éprouvait à son égard, mais à présent, elle savait qu'elle l'avait aimé dès le premier moment, quand il l'avait prise dans ses bras et qu'il l'avait si gentiment déposée à l'arrière de la limousine.

Elle l'aimait, même si elle savait qu'il ne pourrait jamais l'aimer en retour. Pas après ce qu'elle avait fait. Et désormais elle devrait vivre avec l'idée que l'homme qu'elle aimait et qu'elle aimerait toujours la méprisait.

La souffrance et la colère lui nouaient l'estomac. Elle sentait la nausée monter en elle, au propre comme au figuré. Elle devait de toute urgence trouver une occupation pour cesser de ressasser. Poussant un grand soupir, elle se dirigea vers la cuisine.

Fichue pluie !

Les gouttes formaient un rideau épais, s'écrasaient sur son pare-brise, rebondissaient contre les essuie-glaces, tambourinaient sur le toit de la limousine. C'était une bien mauvaise nuit pour se promener sur une route de montagne étroite, pensa Dylan en resserrant ses mains sur le volant et en se concentrant sur l'asphalte éclairé par ses phares. Une mauvaise nuit pour être dehors tout court, indépendamment de l'endroit, d'ailleurs.

Dans ces conditions… *que diable faisait-il là* ?

De fait, son sens de la responsabilité l'avait conduit à monter dans sa limousine pour aller examiner de plus près ce qui se passait là-bas, au cottage. Afin de se faire une idée plus précise de la situation. Toute la semaine, il avait travaillé en étroite collaboration avec les CRE. Tout indice, aussi ténu puisse-il apparaître, avait été exploité et analysé sous tous les angles.

La déposition d'Emily, ainsi que la cassette de son répondeur, avait corroboré l'aveu qu'elle lui avait fait une semaine auparavant. Bien qu'elle ait menti sur son amnésie et son identité, il semblait que tout ce qu'elle avait ensuite déclaré, durant cette période d'interrogatoires multiples, était authentique. Westbrook et Gibbons avaient réalisé un excellent job en la questionnant presque sans relâche durant trois jours. Leurs questions étaient impartiales et exigeantes, leur intention étant d'obtenir des réponses précises. Ils ne l'avaient pas simplement interrogée sur sa rencontre avec les Chevaliers noirs, le terrible Sutton ou l'invisible Frederick, mais sur chaque détail de sa vie en général.

La première fois qu'il avait visionné les vidéos, les sentiments qu'il croyait contrôler avaient resurgi malgré lui. La colère avait alors étreint son cœur. Sa gorge s'était serrée, puis la douleur l'avait submergé.

Il avait regardé plusieurs fois les enregistrements vidéo et, curieusement, à chaque nouveau visionnage, sa colère envers Emily avait baissé d'un cran. Sa douleur avait régressé, peu à peu. De déçu, il était devenu déconcerté.

Dans les yeux d'Emily, il avait vu l'amour qu'elle portait à sa grand-mère chaque fois qu'elle prononçait son nom. Cet amour, il l'avait également entendu dans sa voix, ou encore dans la façon dont elle touchait instinctivement sa bague en répondant — une bague que lui avait donnée Olivia. Sans pardonner sa trahison à Emily, peut-être pourrait-il finalement comprendre la raison de son comportement.

Car ce genre de situation ne lui était pas tout à fait étranger...

Sept mois auparavant, Owen avait été enlevé et, bien que Dylan se trouvât alors en Europe et ignorât le rapt dont son frère avait été victime, il savait que, confronté à un tel événement, il aurait fait tout ce qui était en son pouvoir pour que son frère sorte indemne de l'épreuve.

Même les ridicules allégations de son oncle Broderick — allégations selon lesquelles Owen et lui n'auraient pas été réellement jumeaux en raison d'un échange à la naissance, les réels aspirants au trône habitant quelque part aux Etats-Unis —, oui, même ces diffamations n'auraient eu d'influence sur lui. D'ailleurs, peu importait ce que les tests ADN exigés par sa mère, suite à la venue sur l'île de Penwyck des prétendus héritiers, pourraient bien révéler, Dylan savait d'instinct qu'il sacrifierait sa propre vie pour Owen ou tout autre membre de sa famille si un enlèvement avait de nouveau lieu et que, cette fois, il fût présent.

Une violente bourrasque de vent déporta soudain la limousine vers le bas-côté, et Dylan s'efforça de reporter son attention sur sa conduite.

A l'abord du cottage, la chaussée devenait de plus en plus cahoteuse et les ornières regorgeaient d'eau. Il jura plus d'une fois en slalomant lentement entre les arbres, avec la limousine. Soudain, il aperçut les lumières de la petite maison, tel un phare dans la nuit et la pluie. Son pouls s'accéléra à sa vue, mais il serra les mâchoires, déterminé à demeurer indifférent.

Il lui poserait quelques questions, afin d'éclaircir d'ultimes points, puis il repartirait comme il était venu. Et le plus vite serait le mieux !

Le garde de service, le lieutenant Stevens, se mit au garde à vous à la vue de Dylan. Il se tenait sous les feuillages, une assiette fumante à la main.

— Votre Altesse royale !

— Repos, Stevens, lui ordonna Dylan.

Puis, avançant son nez vers l'alléchante nourriture, il en huma l'odeur quelques instants… Le temps de réaliser que ce n'était certainement pas le type de repas préparé pour les gardes du corps !

— Pourquoi ne mangez-vous pas dans la caravane, si c'est votre pause-dîner ?

— Eh bien, Votre Altesse, c'est-à-dire que, enfin…

— J'apprécierais que vous me fassiez une réponse cohérente, Stevens.

— Mlle Bridgewater m'a offert cette assiette, Votre Altesse. Et je l'ai acceptée, répondit le garde d'une traite.

— Hum, fit Dylan en sourcillant. Et arrive-t-il souvent à Mlle Bridgewater de vous offrir à manger ?

— Non, Votre Altesse, ce soir, c'était la première fois.

— Mlle Bridgewater vous a-t-elle offert autre chose que de la nourriture ?

A ces mots, le lieutenant toussa violemment, comme s'il s'étranglait, puis répondit :

— Oui. Un verre de lait et deux cookies.

Tiens donc ! Du lait et des cookies… L'humeur de Dylan s'assombrit d'un coup. Qu'offrirait-elle la prochaine fois ? Non seulement le couvert mais aussi le gîte ?

— Je suis navré, Votre Altesse, poursuivit le garde sur un ton crispé. Si j'ai enfreint la règle, je…

— N'en parlons plus, Stevens ! fit Dylan d'un ton agacé. Allez manger dans la caravane. Lorsque je repartirai du cottage, je vous préviendrai pour que vous veniez reprendre votre tour de garde.

— Entendu, Votre Altesse, répondit Stevens, penaud.

Non sans irritation, Dylan regarda l'homme rejoindre la caravane. Puis, d'un mouvement brusque, il pivota sur ses talons et se dirigea vers le cottage.

Il frappa trois coups décidés, puis attendit quelques secondes. Pas de réponse. Il réitéra, avec encore plus de force, mais sans davantage de succès.

Tout de même, elle ne pouvait pas déjà être au lit, il était à peine 8 heures. Brusquement, il s'alarma. S'il l'avait assignée à résidence et mise sous surveillance, c'était parce qu'il craignait que l'Organisation ne découvre qu'Emily avait « trahi » leur cause et ne tente de l'enlever à son tour afin qu'elle ne témoigne pas contre eux.

Raison d'Etat oblige, il ne pouvait pas se permettre de tergiverser ! Aussi pénétra-t-il dans le cottage sans y avoir été invité…

A première vue, le plus grand calme régnait. Un feu réconfortant crépitait dans l'âtre, et une odeur terriblement appétissante émanait de la cuisine. Des notes de harpe s'élevaient dans la pièce, et Dylan reconnut instantanément le disque de musique instrumentale irlandaise que Megan lui avait offert.

Refermant la porte derrière lui, il se dirigeait vers la cuisine, lorsque, soudain, il se figea. Il venait d'entendre l'eau couler.

Emily était en train de prendre une douche !

A cette idée, sa gorge s'asséchà. Elle était nue. A deux ou trois mètres de lui. Il se la représentait aisément, sous les vapeurs d'eau chaude, se savonnant consciencieusement le corps, de la mousse sur les bras, les seins, le ventre, et en deçà…

Non ! Il refusait de penser davantage à cette image. Il serra les dents ! Bon sang ! Cette femme l'avait-elle donc envoûté ? Il dut produire un effort surhumain pour ne pas se précipiter dans la salle de bains remplie de buée. Plaquer ce corps de femme contre le sien, il en rêvait…

Une goutte de sueur coula sur son front. Poussant de nouveau un juron, il se dirigea vers la cuisine, résolu à satisfaire au moins l'un de ses appétits.


En sortant de la douche, Emily s'enroula dans un épais drap de bain vert. Mmm, cette douche lui avait fait un bien fou, pensa-t-elle avant d'enfiler le déshabillé de soie avec peignoir assorti que Sally avait mis dans sa garde-robe.

Malgré elle, elle porta sa main à sa tête. Même une bonne douche ne parvenait pas à apaiser la migraine qui la tenaillait. Il était vrai que des nuits sans sommeil passées à s'inquiéter au sujet de sa grand-mère ne pouvaient pas garantir une forme extraordinaire.

Et puis il y avait Dylan…

144

Elle avait beau se dire qu'elle devait l'oublier, refouler le souvenir de leurs étreintes merveilleuses, et admettre qu'elle méritait le sort qu'il lui avait réservé, il revenait toujours flotter dans son cerveau.

Cet après-midi, elle s'était lancée dans de la grande cuisine pour cesser de ruminer. Sa grand-mère, qui cuisinait divinement bien, lui avait transmis son art. Après avoir inspecté ses provisions, elle avait décidé de préparer un veau braisé aux carottes et de confectionner des cookies.

Lorsqu'elle avait offert une assiette de veau au garde, il avait tout d'abord refusé. Devant son insistance, il avait fini par céder. Sa grand-mère prétendait qu'une bonne cuisinière saurait toujours retenir un homme. Hélas ! Dylan ignorait ses talents cachés, et quand bien même...

Seigneur, il était si douloureux de penser à lui ! Au seul homme qu'elle désirerait à jamais et pour qui elle ne pourrait *jamais* cuisiner.

Secouant la tête pour chasser ces terribles pensées, elle s'empara d'une brosse et, tout en démêlant ses cheveux, se rendit dans le salon où elle se planta devant l'âtre et s'abîma dans la contemplation des flammes... Soudain, elle se pencha, ramena tous ses cheveux en avant et continua de les brosser.

Ah, si seulement elle pouvait démêler de la sorte l'inextricable écheveau de sa vie ! pensa-t-elle en soupirant.


A la vue qu'elle offrait, le pouls de Dylan s'accéléra terriblement. Ses oreilles se mirent à bourdonner, son cœur à cogner violemment dans sa poitrine. L'espace d'une seconde, il crut qu'elle le provoquait... mais non ! Elle ne l'avait pas vu tant elle était absorbée dans ses pensées. Visiblement, son esprit était à dix mille lieues d'ici, et elle n'avait pas remarqué sa présence, sur le sofa.

Il attrapa l'un des coussins et l'étreignit fortement comme on tape dans un punching-ball pour faire refluer sa tension. A travers le fin tissu du déshabillé d'Emily, il apercevait les contours de son corps, soulignés par le reflet des flammes. Ses jambes — des jambes si longues… — étaient légèrement écartées, tandis que la masse sauvage de sa chevelure humide retombait devant elle. A chaque coup de brosse, ses hanches ondulaient.

Il sentit l'excitation monter en lui.

— Emily !

Elle cessa immédiatement de se peigner, et virevolta sur elle-même. Une expression horrifiée se peignit alors sur son visage et elle noua immédiatement la ceinture de son peignoir. Etroitement…

— Dylan…, fit-elle d'une voix blanche.

Puis, se reprenant vivement, elle fit une brève révérence et poursuivit :

— Votre Altesse royale, je ne… J'ignorais que vous étiez ici.

— Manifestement, dit-il sans se lever, préférant se tenir à distance pour que son émotion ne le trahisse pas.

— Que faites-vous ici ?

Elle tenait sa brosse contre sa poitrine, comme s'il s'était agi d'une arme avec laquelle elle aurait pu éventuellement se défendre.

— Asseyez-vous, Emily, lui ordonna-t-il.

Oui, il préférait qu'elle s'assoie. Si elle restait devant ce maudit feu, avec ses cheveux et son corps éclairés par-derrière, il n'était pas certain de pouvoir se dominer.

Il avait trop souvent pensé à elle, la semaine passée. S'était rappelé la douceur de sa peau contre la sienne, ses délicieux

146

gémissements, l'odeur de fleurs qui l'enveloppait. Elle hantait ses jours et, la nuit, s'invitait dans ses rêves.

Nom d'un chien ! Il devait cesser de penser à elle, il devait la faire sortir de son cerveau fatigué ! Il avait cru que venir ici ce soir lui permettrait de l'exorciser, qu'en se confrontant de nouveau à elle en chair et en os, ce terrible désir qu'elle lui inspirait disparaîtrait sur-le-champ.

Il s'était trompé, terriblement trompé !

Elle était à présent assise en face de lui, bien droite, les mains crispées sur sa brosse à cheveux. Il laissa son regard courir sur ses longues jambes. Encore une fois, il dut se faire violence pour oublier combien il avait envie de caresser ses genoux ronds, de glisser la main entre ses cuisses et enfin de venir en elle.

Il la dévisagea. Les yeux d'Emily traduisaient de la peur, de la confusion et quelque chose d'autre encore…

Du désir !

Oui, il reconnaissait le reflet du désir dans ses yeux, il en avait déjà vu l'éclat quand il l'avait embrassée, caressée… Quand il lui avait fait l'amour.

Il serra les lèvres. Elle avait usé de ses charmes une fois pour le séduire, il ne la laisserait pas recommencer !

Néanmoins… Eh bien, si elle s'offrait à lui de façon si évidente, il se pourrait fort bien qu'il accepte, mais uniquement pour expulser la violente tension intérieure qui l'habitait.

Avait-elle deviné ses pensées ? Toujours est-il qu'Emily baissa les yeux et se mit à fixer sa brosse à cheveux. Soudain, elle reprit la parole :

— Puis-je vous demander si vous avez localisé l'endroit où ma grand-mère est détenue ?

Ouf ! Il la remercia intérieurement de ramener le débat sur les affaires intérieures de Penwyck et de lui permettre d'oublier un peu son encombrante libido.

— Nous avons repéré la ville où ils se terrent, mais pas encore l'endroit exact. Comme chaque fois il s'agit d'un nouveau numéro de téléphone, soit une cabine publique, soit un portable, cela complique la tâche. En outre, nous devons agir avec une extrême prudence, car, à la moindre erreur, l'Organisation comprendra que ses membres sont traqués.

A ces mots, Emily ferma les paupières, pétrie d'angoisse. Tous deux savaient le sort qui serait réservé à sa grand-mère si l'Organisation découvrait qu'Emily les avait trahis.

Il aurait pu la réconforter, lui assurer qu'Olivia allait bien, mais il ne le fit pas. Non seulement parce qu'il n'était pas certain que ses hommes puissent retrouver sa grand-mère en temps opportun, mais également parce qu'il n'éprouvait *aucune* envie de la réconforter. Il avait toujours dans la bouche l'arrière-goût de la trahison qu'elle lui avait infligée.

Rouvrant les yeux, Emily lui demanda :

— Pourquoi êtes-vous venu au cottage ?

« Parce que je n'ai pas pu faire autrement », manqua-t-il de répondre spontanément. Mais il ne pouvait pas lui avouer cette *faiblesse*, et d'ailleurs n'avait nulle intention de le faire. Pourtant, en être conscient aiguisa sa colère.

— J'ai quelques questions à vous poser, répondit-il en se levant.

Il se dirigea alors vers l'âtre, puis se retourna brusquement pour lui faire face.

— En ce qui concerne l'homme qui était avec toi en haut de la montagne, le jour de l'accident. Le fameux Sutton, précisa-t-il.

Elle parut surprise — d'autant que son subit tutoiement, qui lui rappelait leur intimité, la troublait profondément. Elle déclara alors :

— J'ai déjà dit tout ce que je savais à Westbrook et Gibbons.

148

— Tu as affirmé qu'il t'avait conduite là-haut, puis qu'il avait reçu un coup de fil.

— Effectivement. Je n'ai pas entendu ce qu'il a dit, ni à qui il s'adressait. Ce que je sais, c'est qu'après avoir raccroché, il m'a ordonné de monter sur la bicyclette et de me jeter sous les roues de la limousine.

— Est-ce à ce moment-là qu'il t'a giflée ?

— Oui, murmura-t-elle en laissant dériver son regard.

*Le salaud !*

Dylan serra fortement les mains dans son dos, tandis que son estomac était secoué de spasmes violents.

— Pourquoi ne l'as-tu pas dit à Westbrook ou Gibbons ?

— Je… je l'ignore. Est-ce donc si important ?

« Pour moi, ça l'est », pensa-t-il alors. Un jour ou l'autre, il réglerait son compte à ce scélérat — et le plus tôt serait le mieux !

— *Tout* a de l'importance, répondit-il gravement. Y a-t-il autre chose que tu aies oublié ?

— Non, je ne crois pas.

— Tu ne crois pas ou tu en es sûre ? Réfléchis bien ! s'exclama-t-il incapable de se contrôler. *Qu'as-tu oublié d'autre ?*

— Rien, dit-elle en secouant la tête, je n'ai rien oublié…

Ses yeux étincelaient de larmes quand de nouveau leurs regards se croisèrent. Soudain, l'air devint lourd et chargé. Il sentait la pulsation du désir dans ses veines. Chaque parcelle de son corps était en alarme. Chauffée à blanc.

— Je me souviens de tout, poursuivit-elle tranquillement. De ta sollicitude quand tu m'as soulevée du sol pour me conduire dans la limousine…

— Arrête !

— … Je me souviens de ce moment palpitant où tes lèvres ont effleuré les miennes. Un long frisson m'a alors parcourue. Aucun homme ne m'avait procuré une sensation si intense jusqu'à ce jour.

A cet instant, il lui sembla entendre un coup de tonnerre. Ce coup résonnait-il dans sa tête ou était-ce l'orage, à l'extérieur ? Il n'aurait su dire… Soudain, il plissa les yeux et l'attrapa brutalement par les épaules.

— Pourquoi joues-tu avec le feu, Emily ? lui demanda-t-il alors. Cesse, ou je peux te garantir que tu vas le regretter.

— Crois-tu que je n'éprouve pas de remords pour tout ce que j'ai fait ? répliqua-t-elle en le fixant droit dans les yeux.

Avant d'ajouter avec des inflexions évidentes de sincérité dans la voix :

— Sauf en ce qui te concerne, Dylan ! Je ne regretterai jamais ce qui s'est passé entre nous…

Un muscle de sa joue tressaillit alors. Il sentit soudain la chaleur du corps d'Emily sous ses mains, fut envahi par la fragrance de sa peau… Ses reins s'enflammèrent…

— Je sais que tu me détestes, enchaîna-t-elle alors avec tristesse. Mais tu ne pourras jamais me détester plus que moi je me déteste pour t'avoir menti.

« *Je ne te déteste pas* », faillit-il dire. Mais la voix lui manqua. Son pouls cognait comme un fou. Lourdement. Ne cessait de s'amplifier, annihilant tout ce qui n'était pas Emily.

Alors il perdit la tête… Se penchant vers elle, il captura sa bouche avec violence et passion. La brosse à cheveux qu'elle tenait toujours à la main tomba sur le plancher tandis que la jeune femme nouait les bras autour du cou de Dylan et exprimait un désir aussi sauvage que le sien.

Il la souleva de terre, la pressa contre lui… Quand elle sentit combien il la désirait, combien il était dur contre son ventre, une plainte voluptueuse lui échappa… et cette plainte rendit Dylan tout à fait fou. Enivré, éperdu, il entraîna Emily dans la chambre et referma du pied la porte derrière lui. Bientôt, Emily était allongée sur le lit tandis que lui se déshabillait. Le regard soudé à celui de son compagne, il déclara d'une voix rauque de désir et de menace :

— J'ai envie de toi, mais que les choses soient bien claires entre nous. Cela ne signifie rien pour moi et ne changera rien à la situation.

Il lut de la douleur dans les yeux d'Emily mais décida d'en faire abstraction. Il la prendrait, puis partirait. Et l'oublierait.

Emily le regarda se déshabiller.

Son cœur se mit à battre violemment tant elle trouvait Dylan beau, viril et tellement excitant dans le désir qu'il avait d'elle et dont il ne cherchait pas à se cacher. Il l'effrayait et l'attirait à la fois. Peut-être aurait-elle dû s'enfuir de la chambre, mettre un terme à cette scène. Mais elle savait que c'était sûrement la dernière fois qu'elle le voyait, la dernière fois qu'elle le tiendrait dans ses bras. La dernière fois qu'ils feraient l'amour… Pour lui, ce serait un rapport purement physique, mais, pour elle, il allait s'agir de bien davantage. Ce soir, elle ne lui donnait pas uniquement son corps, mais son cœur, son âme, tout son amour pour lui.

Dylan s'allongea sur elle, chercha sa bouche… et Emily ne pensa plus à rien. Elle laissa le plaisir l'envahir et ses sens exulter… Dylan dénoua fébrilement son peignoir, glissa la main sous l'étoffe. Il caressa ses seins puis, à travers le satin de son déshabillé, enfouit la tête dans la chaleur tendre du sillon qui les séparait.

Il dégagea ses épaules, sa chair, captura la pointe de ses seins qu'il se mit à mordiller avec fougue. Des ondes de plaisir traversaient Emily, elle se mordait la lèvre inférieure pour ne pas crier… Sous les caresses de Dylan, elle se cambra, s'agrippa à ses cheveux.

— Je t'aime, murmura-t-elle.

A ces mots, il s'immobilisa et releva la tête.

La passion le disputait à la colère dans ses yeux bleu perçant.

— Ne redis jamais cela, la prévint-il. Je ne veux plus entendre tes mensonges.

Elle se contenta de le regarder avec amour, mais se garda de lui répéter qu'elle l'aimait. Inutile de tenter de le convaincre, elle savait qu'il ne la croirait pas. A la place, elle lui offrit ses lèvres. La résistance de Dylan céda peu à peu sous le baiser.

Alors, d'un geste presque trop vif, il lui retira son négligé et s'allongea sur elle. Puis, sans attendre, il la posséda et s'enfouit en elle comme un éperdu tandis que, toute offerte à lui, elle le laissait creuser sa chair…

La jouissance monta en eux et les balaya comme une tornade. Leurs cris se mêlèrent et Emily s'entendit appeler Dylan depuis le néant étoilé de son plaisir. Tout son être vibra de sensations et elle sentit son amant traversé soudain d'une convulsion violente qui le secoua tout entier. Elle le retint contre elle, précieusement, douloureusement : dans quelques secondes, il ne serait plus à elle, il ne voudrait plus d'elle et elle se briserait en mille morceaux…

Et, en effet, sans prononcer un mot, il se détacha d'elle et se releva.

Il enfila rapidement ses vêtements, sortit de la chambre. Lorsque la porte d'entrée se referma derrière lui, un froid glacial envahit le cœur d'Emily.

152

# 11.

Tout de noir vêtus, les hommes du commando d'élite avançaient par tandem dans la nuit sans lune. Un cortège de dix tandems, au total. Ils progressaient méthodiquement vers l'immense villa à trois étages nichée dans les bosquets et les feuillages touffus. Ils entourèrent bientôt l'immense enceinte qui la protégeait.

Le brouillard, semblable à un épais rideau gris, était en suspension dans l'air gonflé d'humidité — une moiteur due à la proximité de l'océan et à l'anticipation du combat qui allait se jouer. Soudain, à l'est, le cri solitaire d'un loup déchira la nuit. Les hommes du commando s'immobilisèrent. A l'ouest, la réponse fusa, tel un écho. Les hommes s'accroupirent.

Et attendirent.

Le dos appuyé contre le tronc épais d'un cèdre centenaire, Dylan patientait à l'instar de l'équipe de dix-neuf hommes qu'il avait constituée durant les trois dernières semaines. De son séjour en Borovkia, s'il avait appris une chose, c'était bien la patience. Les missions les plus réussies l'avaient été grâce à une stratégie minutieuse et une prudence de tous les instants — sans oublier le courage et la détermination. Il avait appris à planifier, à attendre, à écouter — pas uniquement avec ses oreilles, mais également avec son intuition. Ses tripes. Ces leçons avaient sauvé sa vie, et celle de ses collaborateurs, un nombre incalculable de fois.

— *Blackdog attend un ordre, Votre Altesse.*

Ce chuchotement lui parvint dans l'émetteur radio placé dans son oreille.

— Tout le monde est en place ? demanda Dylan en murmurant dans un minimicro.

— *Affirmatif.*

— Assaut dans cinq minutes.

A ces mots, Dylan appuya sur le chronomètre de sa montre, sachant que ses coéquipiers faisaient la même chose.

*Cinq minutes.*

Un laps de temps énorme pour un soldat qui s'apprêtait à donner l'assaut.

Une éternité.

Ses parents s'étaient élevés contre l'intention de Dylan de mener l'opération, mais ce dernier avait fait de la résistance, et lorsque ses services secrets avaient découvert que l'Organisation retenait Olivia dans une villa bourgeoise à Marjorco, quartier général, sa détermination de participer au commando s'était encore affirmée. Après tous les préjudices que ces sinistres individus avaient infligés à sa famille — sans compter le chantage qu'ils exerçaient sur Emily —, Dylan voulait cette nuit, une bonne fois pour toutes, faire payer leurs crimes aux membres de l'Organisation. Il s'était juré que, aux premières lueurs de l'aube, tous seraient derrière les barreaux ou hors d'état de nuire.

— *Trois minutes*, entendit Dylan dans son écouteur.

Sans la coopération d'Emily, il aurait fallu des années pour découvrir le QG de l'Organisation, cela, il en était parfaitement conscient. Les coups de téléphone qu'elle donnait régulièrement aux membres du groupe dans le dessein d'établir un rapport sur la prétendue progression de sa mission au palais représentaient une aide considérable. A chaque appel, Emily avait demandé à parler à sa grand-mère, menaçant sinon de cesser toute coopération. Chaque fois, elle faisait en sorte de rester le plus longtemps possible en ligne, pour faciliter la localisation de ses interlocuteurs.

Et puis il y avait le dernier appel…

Cette fois-ci, alors que son correspondant allait raccrocher en refusant de lui passer sa grand-mère, elle avait alors indiqué qu'elle était parvenue à séduire le prince et que gagner sa confiance et accéder au coffre-fort n'était plus qu'une question de quelques jours. Puis elle avait commencé à retracer — dans le moindre détail — la façon dont elle avait séduit le prince Dylan…

En écoutant la cassette enregistrée, ce dernier avait été déconcerté par son audacieuse description — et gêné que ses hommes l'aient eux aussi entendue. Néanmoins, le récit de cette entreprise de séduction avait tenu son interlocuteur en haleine… et permis au service de sécurité de localiser enfin précisément l'appel. Allons ! L'important n'était-il pas le résultat ? Il devait absolument faire abstraction de ses sentiments personnels et se concentrer sur la mission.

Cependant, chaque fois qu'il repensait à la façon dont Emily avait menti *facilement* à son interlocuteur, au téléphone, il ne pouvait s'empêcher de se rappeler combien elle lui avait menti facilement à *lui*.

Il ne l'avait pas revue depuis la dernière fois qu'ils avaient fait l'amour. Mais il aurait lui-même menti s'il avait affirmé qu'il ne voulait pas la voir. Plus d'une dizaine de fois, il était monté dans sa limousine dans le dessein de se rendre au cottage. Et plus d'une dizaine de fois, il avait coupé le moteur juste après avoir mis le contact, déchiré entre son envie de l'embrasser et la colère qu'il ressentait toujours à son égard.

Non, il ne laisserait pas l'émotion le submerger !

C'était pour cette raison qu'il préférait ne pas se retrouver seul avec elle — pour éviter de la prendre dans ses bras et de lui faire l'amour. Il se consacrait donc à la mission loin d'elle et de ses regards envoûtants.

— *Une minute*.

Une bouffée d'adrénaline le submergea, courant dans ses veines, lui brûlant l'estomac. Ses muscles se contractèrent, sa respiration s'accéléra. Le compte à rebours avait commencé.

Soudain, comme un seul homme, le commando jaillit des bosquets.

Deux jours de surveillance de la villa avaient permis d'établir que la relève de la garde avait lieu à 9 heures. Il était donc prévu que quatre hommes de Dylan régleraient leur sort aux gardes tandis que le reste des troupes disposerait de deux minutes pour s'introduire dans la villa sans déclencher l'alarme et de deux autres pour trouver Olivia — cette ultime étape étant dévolue à Dylan et à son coéquipier.

Les ombres des gardes se découpaient sur l'enceinte qui protégeait la villa éclairée de l'intérieur. Dylan les vit fumer et plaisanter. Puis, de son poste, il avisa une silhouette noire — le capitaine Ian Alson — qui escaladait le mur. Soudain, quatre hommes sautèrent simultanément sur les gardes, les neutralisant haut la main grâce à l'effet de surprise.

En quinze secondes, Dylan et son équipe fonçaient vers le mur sud, atterrissaient sur le gazon, sautaient par-dessus une barrière de fer forgé et se ruaient à l'intérieur de la villa par une double porte. Selon la stratégie mise au point, ils devaient être huit à s'introduire au même instant dans la villa.

Arme à la main, à l'affût du moindre bruit, Dylan perçut soudain des éclats de rire venant d'un poste de télévision. Selon toute vraisemblance, quelqu'un regardait un sitcom.

Et, en fonction du plan qu'ils avaient établi de la maison, le bruit provenait de la chambre d'Olivia.

A pas de loup, Dylan et son équipier avancèrent vers la pièce...

Arrivé devant la porte, Dylan l'ouvrit brutalement — mais sans bruit — et la referma de la même façon derrière lui. Assise dans un grand canapé, lui tournant le dos, Olivia regardait la télévision — une vieille série populaire qui de toute évidence l'amusait énormément. Elle portait un peignoir rose et des pantoufles de même couleur. Ses cheveux étaient retenus par un bandana bleu.

Dylan balaya la pièce du regard. Sur le côté gauche se trouvait une petite porte qui — il le savait — menait à la salle de bains. Lorsqu'il fut certain qu'il n'y avait qu'Olivia et lui dans la pièce, il demanda :

— Madame Bridgewater ?

Olivia sursauta et se retourna vivement. Ses yeux s'écarquillèrent lorsqu'elle découvrit la silhouette en noir, arme au poing, qui se dressait devant elle. Puis, pressant une main contre son cœur, elle déclara :

— Mon Dieu ! Vous m'avez fait peur, jeune homme.

— Navré de cette intrusion, madame.

Dylan s'avança vers elle, s'efforçant de rester calme en dépit du bruit de fusillade qui parvenait de l'extérieur. Visiblement, tout ne se passait pas selon les plans !

— Puis-je vous demander de vous habiller et de me suivre, madame ? dit-il alors.

— Et pour quoi faire, s'il vous plaît ?

— Votre petite-fille m'a prié de vous ramener à la maison.

— Emily ? fit la vieille femme en sourcillant. Curieux ! Selon Frederick, Emily n'arrive que demain.

— Les plans ont été modifiés, madame Bridgewater, annonça Dylan non sans jeter un œil inquiet vers le parc où résonnaient toujours des coups de feu. Cela ne vous ennuie pas, j'espère ?

— Ma foi, non, fit Olivia en se levant. Seigneur Jésus, il y a une éternité qu'un beau jeune homme n'est pas venu m'enlever au milieu de la nuit. Je ne suis pas...

A cet instant, la porte s'ouvrit bruyamment et un homme bondit dans la pièce, un Magnum au poing.

Sutton !

Instinctivement, Dylan pointa son arme vers celui que ses services secrets avaient identifié comme Damek Cutter, un mercenaire au service de l'Organisation depuis trois ans. C'était cet homme qui avait osé porter la main sur Emily, se rappela-t-il, tandis que sa main à lui se crispait sur le métal froid de son arme. Il aurait aimé qu'Olivia ne se trouvât pas entre eux.

— Jette ton arme, lui ordonna Cutter.

— Ne compte pas là-dessus, répliqua Dylan en maintenant son revolver pointé sur lui.

Alors, changeant de cible, Cutter dirigea son Magnum vers Olivia... qui pâlit instantanément.

— Jette-la ou c'est la vieille dame qui va tomber.

Olivia poussa un cri d'effroi.

Bon sang ! Dylan savait que ce salaud n'hésiterait pas une seconde à mettre ses menaces à exécution. Lèvres serrées, il lâcha son arme.

— Bonne décision, Dylan ! déclara alors une voix familière.

A cet instant, un autre homme pénétra dans la pièce. Un homme que l'on aurait pu confondre avec le roi Morgan tant la ressemblance était frappante.

— Bonjour, oncle Broderick, fit Dylan d'une voix glaciale. Ou dois-je plutôt dire oncle Frederick ?

— Frederick est votre oncle ? intervint Olivia au comble de la surprise, jaugeant tour à tour Dylan puis Broderick. Que signifie tout cela ?

— Ma chère Olivia, répondit Broderick, vous êtes si naïve. Tout est une question d'argent et de pouvoir. J'étais né pour avoir les deux, mais ma famille m'a dépouillé de mes biens, y compris de mes titres.

— Vous possédez désormais un nouveau titre, mon oncle, celui de prisonnier.

— Je n'irai jamais en prison, tonna Broderick. Je suis un Penwyck ! *Je suis un roi !*

— Vous êtes un kidnappeur et un maître chanteur, rétorqua Dylan en fixant son oncle qui était réellement devenu fou. Vous vous servez de femmes innocentes pour arriver à vos fins, c'est ignoble !

— Lorsque je suis tombé par hasard sur la photo de Mlle Bridgewater dans le journal, à la rubrique locale, j'ai été frappé par la ressemblance avec ta petite amie d'autrefois, Katherine Demasse. J'ai compris que je tenais la chance de ma vie. Il était aisé pour une belle femme de s'introduire au palais et d'accéder à ta suite…

Ulcéré, Dylan fit un pas en direction de son oncle, et fut immédiatement rappelé à l'ordre par Cutter qui se rapprocha de lui, arme toujours dirigée sur lui.

— Tout comme il sera aisé de vous envoyer finir vos jours au fond d'une cellule pour trahison et tentative de meurtre, rétorqua Dylan.

— Assez ! gronda Broderick. Tout ce que nous voulions, c'était les diamants. Nous les avons extraits de la mine, ils nous appartiennent.

— Une extraction parfaitement illégale, objecta Dylan. Car cette mine est la propriété du gouvernement de Penwyck.

En prolongeant ce vain dialogue, Dylan cherchait à gagner du temps et à faire en sorte qu'Olivia ne se situe plus dans sa ligne de mire au moment où il allait passer à l'action. Aussi poursuivit-il :

— Il a déjà été décidé que les diamants seraient vendus et que le montant de cette vente serait distribué à des associations caritatives.

— Lorsque ta mère apprendra que je détiens son précieux fils, elle me remettra mes biens sans discuter, assura Broderick d'un ton arrogant.

Soudain, un coup de feu éclata sous la fenêtre. Broderick fronça les sourcils, puis déclara à l'adresse de Cutter :

— Tuez la vieille dame et conduisez mon neveu à l'hélicoptère.

Un sourire sadique passa sur le visage de Cutter. Il leva son Magnum, visa Olivia…

— *Mon cœur !*

Après ce cri tragique, la vieille femme posa la main sur sa poitrine et s'écroula à terre.

Cutter et Broderick eurent un moment d'hésitation… que Dylan mit aussitôt à profit ! Dans un geste fluide et rapide, il retira un couteau de sa botte et le lança en direction de Cutter. Subitement, le mercenaire devint tout raide et regarda, yeux grands ouverts, la lame qui était plantée dans sa poitrine. Puis, le visage tordu de douleur, il leva son arme vers Dylan. Celui-ci plongea à terre. Trop tard ! L'impact de la balle brûla son épaule et un atroce élancement le saisit. La balle poursuivit sa course effrénée et alla se loger dans la vitre derrière lui, vitre qui se brisa alors en mille morceaux.

A cet instant, yeux toujours écarquillés, Cutter tomba à la renverse. Broderick fit alors mine de s'enfuir, mais se heurta à deux hommes : Logan et Monteque. Le cœur battant à se rompre, Dylan se releva et se précipita vers la vieille dame. Soulevant doucement sa tête, il appela :

— Madame Bridgewater ?

Olivia ouvrit un œil et demanda :

— Est-ce terminé ?

*Dieu soit loué, elle était en vie !*

— Tout va bien ? interrogea Dylan. Votre cœur…

— Bien sûr que je vais bien ! assura Olivia. C'était une ruse, jeune homme, pour vous aider à maîtriser ces vauriens. Mais… mon Dieu, vous saignez !

— Ce n'est rien, fit Dylan en serrant les mâchoires. Juste l'impact de la balle.

Il s'efforçait de faire abstraction de la douleur fulgurante qui broyait son épaule, mais soudain la pièce vacilla autour de lui. Il voulut dire quelque chose… et le son de sa voix fut assourdi par un sifflement terrible. Puis il entendit un timbre rauque, des bribes de phrases…

Monteque ?

Il voulut se redresser, eut l'impression de lutter contre un brouillard qui l'entourait peu à peu. Il repensa à Emily, vit brusquement son doux visage se pencher vers lui. Il tendit la main pour toucher cette merveilleuse vision, mais son corps était tout engourdi. Soudain, l'apparition disparut et il sombra dans l'inconscience.


— Entrez, je vous en prie.

Emily s'effaça pour laisser passer les deux hommes en uniforme qui venaient de frapper à la porte du cottage. Ils étaient au garde-à-vous, le visage pâle et grave.

Mon Dieu ! Il s'était passé quelque chose de terrible, pensa-t-elle, immédiatement alarmée.

— Je suis le lieutenant Randall Molson, annonça le plus imposant des deux. Et voici le sergent Quinton.

— Asseyez-vous, je vous en prie, dit Emily par réflexe.

— Non merci, mademoiselle Bridgewater, ce ne sera pas nécessaire. Mais si vous préférez être assise…

— Je vous en prie, dites-moi ce qui vous amène, demanda-t-elle les jambes chancelantes.

Elle nota l'hésitation du lieutenant…

« Mon Dieu, pria-t-elle intérieurement, faites que ma grand-mère et Dylan soient en vie. »

De toutes ses forces, elle repoussait les scénarios catastrophe qui s'imposaient à son esprit. *Ils devaient être en vie !* Sinon, elle ne pourrait pas le supporter… Elle ne survivrait pas.

Depuis le dernier appel téléphonique à l'Organisation, elle n'avait reçu aucune visite des services secrets. Chaque fois qu'elle repensait à cette ultime conversation et à la description détaillée de son entreprise de séduction auprès de Dylan, elle avait les joues en feu. Néanmoins, elle savait que ce récit nimbé d'érotisme avait fonctionné et capté l'attention de son interlocuteur au point qu'il l'avait écouté, retenant son souffle, et que les hommes de Dylan, de leur côté, avaient pu repérer le QG de l'Organisation.

Ce qui signifiait par ailleurs qu'un plan de sauvetage avait été élaboré, même si on ne lui en avait pas fait part. En l'occurrence, ces deux officiers venaient lui annoncer l'issue de l'opération lancée contre la villa.

Durant ces trois derniers jours, elle avait tourné en rond au cottage comme un lion en cage. Elle pressentait qu'il allait se passer quelque chose. La présence de ces hommes lui confirmait la justesse de son intuition.

Avalant lentement bouffée d'air, elle expira de la même façon. Enfin, le lieutenant s'éclaircit la gorge et déclara :

— Mademoiselle Bridgewater, nous sommes chargés de vous conduire à l'aéroport. Un avion vous transportera à Marjorco où un chauffeur vous attendra pour vous conduire chez vous.

*Chez elle ?*

Donc, on la relâchait ?

— Et ma grand-mère ? s'écria-t-elle, pétrie d'angoisse.

— Elle vous attend avec impatience, mademoiselle Bridgewater.

Dieu soit loué ! Sa grand-mère était en vie ! Rapidement pourtant, un doute l'étreignit. Etait-elle en bonne santé ?

— Comment va-t-elle ? demanda-t-elle, la gorge nouée.

— Rassurez-vous, elle se porte comme un charme, répondit le lieutenant en souriant enfin.

Dans sa joie, Emily manqua de se jeter à son cou et de l'embrasser !

— Merci, dit-elle alors en fermant les paupières. Merci de tout cœur.

Et Dylan ? pensa-t-elle aussitôt. Où était-il ? Pourquoi n'était-il pas venu lui annoncer la nouvelle ? Les questions lui brûlaient les lèvres, mais elle n'osa pas les poser.

Car elle connaissait la réponse !

Jamais il ne lui pardonnerait ce qu'elle avait fait. Jamais il n'oublierait qu'elle lui avait menti. Il était trop fier et trop intransigeant pour tenir compte des circonstances atténuantes. A cette pensée, elle eut l'impression qu'un étau d'acier lui serrait la poitrine. Elle repartait sur son île et jamais plus elle ne le reverrait, jamais plus elle ne le toucherait…

C'était affreux ! Et dire que Dylan ne soupçonnerait jamais sa souffrance. Une souffrance si tangible qu'elle pesait sur son estomac tel un horrible fardeau.

— Je… je serai prête dans dix minutes, annonça-t-elle. Voulez-vous m'attendre à l'extérieur ?

Le lieutenant Molson et le sergent opinèrent du chef et se retirèrent.

En réalité, elle n'avait aucun bagage à faire puisque rien dans ce cottage ne lui appartenait, mais elle éprouvait le besoin de se retrouver seule un instant. De rester quelques minutes encore dans ce nid douillet où elle avait connu les plus belles heures de sa vie — avant de vivre les pires !

L'air hébété, elle parcourut la pièce, laissant courir son doigt sur les étagères, s'arrêtant devant une photo de Dylan, en compagnie d'Anastasia… Deux visages souriants et insouciants, les cheveux volant au vent. Puis ses doigts se posèrent sur un volume d'Hamlet.

Encore une fois, Dylan était absent, mais son esprit envahissait la pièce. Elle pouvait presque le palper, sentir son odeur…

Jamais elle n'oublierait cet endroit, qui avait été pour elle à la fois un paradis et une prison.

Si Dylan n'avait pas été un prince mais un homme ordinaire, elle se serait battue pour le récupérer. Elle l'aurait supplié, plaidant sa cause et s'efforçant de lui expliquer pourquoi elle avait agi comme elle l'avait fait. Oui, elle l'aurait convaincu qu'elle l'aimait vraiment, profondément…

Hélas, il était prince, et même peut-être prince héritier de Penwyck si Owen ne montait pas sur le trône après le roi Morgan… De toute façon, roi ou prince, il n'y avait pas de différence : une institutrice de West County n'avait rien à faire au palais. Un jour, Dylan épouserait une aristocrate, quelqu'un de son milieu, de son rang et de sa fortune. Et ils auraient des enfants qui seraient à leur tour princes et princesses. La vie continuerait et il l'oublierait.

En dépit des larmes qui lui brûlaient les yeux, elle parvint à sourire : elle, elle ne l'oublierait jamais et personne ne pourrait lui ravir le souvenir des heures exquises qu'ils avaient connues ensemble — un trésor qu'elle chérirait dans son cœur secrètement sa vie entière.

Non, personne ! se répéta-t-elle.

# 12.

— Pour l'amour du ciel, c'est juste une égratignure ! Cessez de me traiter comme si j'étais un grand malade !

Allongé sur le lit de l'infirmerie royale, Dylan était fort contrarié que presque toute la famille — sans compter le personnel médical — soit venue à son chevet. Si une personne *osait* encore une fois lui proposer de remonter ses oreillers ou de lui apporter un verre d'eau, il congédierait sans ambages tout ce petit monde. A part son père et sa mère, évidemment. Même un fils devait le respect au roi et à la reine.

— Il est à cran depuis qu'il est revenu de la mission, hier, murmura Anastasia à Meredith et Megan.

— Il est quasiment toujours à cran, rétorqua Megan, d'un air mi-blasé mi-malicieux.

— Vous pourriez être plus discrètes, décréta alors Dylan. Et je ne suis pas *à cran*, c'est vous qui me mettez dans cet état.

— Allons, du calme, mes enfants ! intervint Marissa en se saisissant affectueusement du bras de son fils. Peut-être l'infirmière devrait-elle te donner quelque antalgique.

— Je n'ai pas besoin d'antalgique, se défendit Dylan alors que son bras lui faisait un mal de chien. Ce que je veux, c'est sortir d'ici !

— Ton *supplice* ne dure que depuis vingt-quatre heures !
observa le roi Morgan. Après cinq mois, tu auras le droit de
te plaindre. Et je sais de quoi je parle !

— Je ne me plains pas, martela Dylan. On m'a examiné,
soigné, je n'ai plus aucune raison de rester ici.

— Tu as eu quinze points de suture et tu as perdu une
quantité impressionnante de sang, lui rappela Marissa non
sans remonter soigneusement ses draps. Le Dr Waltham tient
à te garder en observation encore un jour ou deux. Au besoin,
je posterai deux gardes devant l'infirmerie pour prévenir
toute tentative de fuite de ta part.

Dylan ravala le juron qui lui brûlait la langue, car il ne
jurait jamais devant sa mère. En outre, il savait pertinem-
ment qu'elle ne plaisantait pas : Marissa n'hésiterait pas à
mettre ses propos à exécution si, de son côté, il faisait preuve
de mauvaise volonté. OK, pensa-t-il en soupirant, tant que
le Dr Waltham ne le délivrerait pas, il devrait accepter sa
captivité...

Bon sang !

Il n'y avait pas que son bras qui avait pâti dans cette histoire, sa fierté avait elle aussi été écorchée ! Dire qu'il s'était
évanoui devant ses officiers... Allons, il était tout de même
parvenu à accomplir sa mission, et, avec le recul, n'était-ce
pas cela l'essentiel ?

L'Organisation avait été cernée et son réseau démantelé.
Tous les membres avaient été arrêtés, son oncle lui-même
était en prison. La bataille finale avait fait quatre victimes
— tous membres de l'Organisation — et cinq blessés, Dylan
compris. Olivia pour sa part avait été reconduite chez elle
saine et sauve.

Quant à Emily...

Sur ses ordres, elle avait quitté le cottage et s'était envolée
pour Marjorco rejoindre sa grand-mère. Il essayait de se

convaincre que tout était ainsi pour le mieux et qu'il était heureux qu'elle fût partie. Il allait enfin pouvoir l'oublier et réintégrer le cours normal de sa vie. Il y avait tant à faire au palais — notamment remettre de l'ordre dans les affaires intérieures. Il n'avait nul temps à consacrer à une enjôleuse, menteuse de surcroît.

Depuis son retour au palais, pas une fois il n'avait mentionné le nom d'Emily, mais il ne doutait pas que sa mère et ses sœurs avaient deviné qu'il n'était pas aussi indifférent envers elle qu'il prétendait l'être. De toute façon, la dernière chose qu'il voulût, c'était évoquer les sentiments qu'il ressentait pour Emily avec sa famille.

*D'autant que lui-même ignorait la véritable nature de ces sentiments !*

Après tout, elle n'avait pas demandé à le revoir avant de partir. Et il s'efforçait de s'en réjouir, de se convaincre qu'il aurait refusé de la rencontrer si elle en avait formulé le souhait. A présent que l'Organisation était neutralisée et que la vieille Mme Bridgewater avait été libérée, qu'avaient-ils encore à se dire ?

Ah, hélas, il connaissait trop bien la réponse à cette question… !

Il pesta soudain contre la perfusion attachée à son bras, contre son emprisonnement dans cette fichue chambre !

Au fond, dans cette histoire, ni lui ni Emily n'avaient été complètement honnêtes l'un envers l'autre.

Et s'il n'était pas trop tard pour l'être ?

Soudain, comme si la pièce n'était pas assez bondée, la porte s'ouvrit de nouveau : Owen ! Sa femme Jordan ainsi que leur fillette de quatre ans, Whitney, l'accompagnaient — sans compter le domestique en gants blancs qui s'introduisit dans leur sillage, un plateau d'argent posé savamment en équilibre sur la paume. Du champagne pétillait dans les hautes flûtes disposées sur le plateau.

Du champagne ?

Dylan interrogea son frère du regard. Owen se contenta de lui adresser un petit sourire mystérieux. Il tourna alors les yeux vers son père et sa mère. Ils arboraient le même sourire.

Le roi Morgan fit un signe de la tête au domestique. Celui-ci se retira à reculons, de même que les deux infirmières.

Que signifiait donc tout cela ? s'interrogea Dylan de plus en plus intrigué tandis que chacun prenait une flûte et la levait vers lui.

Il se passait quelque chose… Il ignorait encore quoi, mais on allait bien finir par le lui apprendre, puisque, manifestement, il était le premier concerné !

Assise sur le sofa du salon, Emily fixait les bagages qu'elle avait terminés la veille au soir. Six en tout : trois pour elle et trois pour sa grand-mère. Tout ce dont elles auraient besoin pour vivre aux Etats-Unis pendant quelques mois. Une cousine d'Olivia, Veronica, possédait une ferme dans le Connecticut. Elle était veuve depuis deux ans. Lorsque Emily l'avait appelée pour lui demander si sa grand-mère et elle pouvaient venir lui rendre visite, elle avait bondi de joie à l'autre bout du fil, et insisté pour qu'elles restent aussi longtemps qu'elles le désireraient.

La semaine avait été fort chargée, car il avait fallu faire établir des passeports, sous-louer la maison et convaincre la directrice de l'école de lui accorder un congé sabbatique.

Mais à présent, tout était réglé et le départ imminent.

Et elle aussi était prête. Du moins voulait-elle s'en convaincre. Quel autre choix avait-elle ?

Poussant un lourd soupir, elle se leva et vint se poster derrière la porte-fenêtre d'où elle pouvait admirer le minuscule jardin qu'Olivia avait toujours entretenu avec amour et où croissaient à la belle saison des variétés infinies de fleurs… Oh, comme les tulipes et les pieds-d'alouette allaient lui manquer ! Sans parler de la douce et irremplaçable odeur des roses et des lis.

Seigneur, elle aurait la nostalgie de tant d'autres choses encore ! A commencer par ses élèves, ses amies et collègues, le voisinage…

Et puis… et puis Dylan !

Ce serait lui qui lui manquerait le plus. Depuis son retour à Marjorco, c'est-à-dire une semaine, elle ne cessait de penser à lui. Il hantait ses pensées en permanence, mais le plus difficile, c'était la nuit, lorsque la maison était plongée dans le silence le plus absolu et qu'elle était étendue dans son lit, incapable de trouver le sommeil. Comment alors ne pas se rappeler le frisson que lui procuraient ses mains calleuses courant sur sa peau, sa bouche ardente pressant la sienne ? Comment ne pas se souvenir que leurs corps s'accordaient à la perfection quand ils faisaient l'amour ?

Jamais elle ne connaîtrait de nouveau une passion si brûlante, elle en était certaine. Après Dylan, comment serait-ce possible ?

Détournant les yeux du jardin, elle fixa soudain les billets d'avion posés sur le guéridon, près du téléphone. Leur avion décollait dans trois heures. Une sensation de terrible solitude la submergea brusquement.

De la pièce voisine lui parvenait la voix de sa grand-mère fredonnant une vieille ballade anglaise. Olivia était si heureuse, depuis son retour à Marjorco ! Comme si son enlèvement et son sauvetage épique lui avaient redonné une nouvelle vitalité. Finalement, contrairement aux craintes d'Emily, l'épisode ne l'avait nullement traumatisée. Olivia avait bien plus d'énergie que ne l'aurait soupçonné sa petite-fille.

Emily leva les yeux vers la pendule, au-dessus de la cheminée. Le taxi allait bientôt arriver. Elle devait faire une dernière fois l'inspection des lieux, vérifier qu'elle n'avait rien oublié et étouffer les flammes qui brûlaient encore dans l'âtre.

En soupirant, elle prit les billets d'avion, étudia longuement les informations qu'ils contenaient… Soudain, il lui sembla que le papier lui brûlait les doigts. Oui, tout son bras irradiait de chaleur.

Mon Dieu ! Voilà à présent que les chiffres et les lettres inscrits sur le billet devenaient flous… Elle ferma les yeux, respira à fond, rouvrit les paupières. Ce fut à cet instant qu'elle eut une révélation.

*Elle ne pouvait pas partir !*

Même si elle le désirait ardemment, elle ne le pouvait pas. Car jamais elle ne pourrait s'enfuir assez loin pour oublier Dylan : parce qu'elle portait en elle quelque chose de lui…

Poussée par cette vérité qui s'imposait brusquement à elle, et craignant de revenir sur sa décision, Emily posa le billet de sa grand-mère sur le guéridon… A présent, ses mains tremblantes ne tenaient plus que le sien… Elle le déchira en trois morceaux et, se dirigeant d'un pas décidé vers la cheminée où se consumait une dernière bûche, elle les jeta dans les flammes et regarda le papier noircir, puis se tordre… Alors elle sentit son estomac se dénouer et le poids qui pesait sur sa poitrine depuis plusieurs jours se fit soudain léger, très léger… au point qu'elle en ressentit une sorte d'étourdissement.

A présent, il ne lui restait plus qu'à informer sa grand-mère qu'elle ne partait pas aujourd'hui avec elle, mais lui rendrait visite un peu plus tard. Qu'elle avait choisi de rester à West County pour le moment.

Soudain, Emily sursauta. On venait de frapper à la porte. Le taxi ! Elle accompagnerait sa grand-mère à l'aéroport, s'assurerait qu'elle enregistrait ses bagages pour le bon vol, puis reviendrait à la maison… et accomplirait ce que lui dictait sa conscience.

D'une façon ou d'une autre, qu'il le veuille ou non, elle reverrait Dylan. Et advienne que pourra ! Ainsi, elle effacerait tous les mensonges entre eux.

Après le coup frappé contre la porte, ce fut la sonnette qui résonna dans la pièce. Que d'impatience ! pensa-t-elle en se précipitant vers la porte, toujours absorbée par le futur qui l'attendait, à la fois pétrie de peur et d'excitation.

— Voilà, voilà, dit-elle en ouvrant la porte.

Ce fut alors qu'elle se figea !

*Dylan !*

Elle cessa de respirer, certaine que son cœur allait lui aussi cesser de battre… Il portait un long loden noir en cashmere, un pantalon également noir et une chemise bleu nuit à rayures qui assombrissait le bleu de ses yeux.

Des yeux qui la fixaient avec intensité, la clouaient sur place…

Le fait de penser tellement fort à lui l'avait-il fait apparaître devant elle comme par enchantement ? Fallait-il donc se méfier de l'expression : « Attention à ce que tu te souhaites ! » ? Tout à l'heure, elle voulait lui dire tant de choses… Et à présent qu'il se tenait devant elle, elle avait la tête complètement vide.

— Puis-je entrer ?

Sa voix ne trahissait aucune émotion — pas plus que son expression, d'ailleurs.

Pourtant, elle ne parvint pas à faire le moindre mouvement. Ne s'écarta pas pour le laisser passer.

Une légère bruine perlait sur ses cheveux noirs. Des cheveux qu'Emily brûlait de toucher…

— Emily, reprit-il d'un ton presque agacé, j'aimerais entrer.

Se ressaisissant, elle fit un pas en arrière et s'inclina devant lui.

— Bien sûr, Votre Altesse royale, lui dit-elle alors. Je Vous en prie, entrez.

Epaules bien droites, mâchoires serrées, il pénétra dans la maison. Comme elle refermait la porte, elle remarqua la présence de quatre gardes du corps, à côté de la limousine noire.

Pourquoi lui avait-il rendu visite sous haute surveillance ? se demanda-t-elle. Enfin, pourquoi était-il venu tout court ?

Soudain, le battement de son cœur s'accéléra. Etait-il venu l'arrêter ? Personne ne lui avait jamais notifié clairement qu'elle n'irait pas en prison, mais elle avait supposé, quand on l'avait renvoyée chez elle, qu'aucune charge ne serait retenue contre elle.

Tremblante, elle lui fit face.

Il inspecta pour sa part les valises et fronça les sourcils.

— Pars-tu en voyage ?

« Plus maintenant », voulut-elle répondre. Mais l'irritation qu'elle perçut dans la voix de Dylan la poussa à répliquer d'un ton défiant :

— N'en ai-je pas le droit ?

— Réponds à ma question ! lui ordonna-t-il alors.

— Ma grand-mère a une cousine dans le Connecticut. Après tout ce qui s'est passé, j'ai pensé qu'un voyage lui ferait du bien.

— Tu ne peux pas partir, déclara-t-il.

Mon Dieu ! Il était donc bel et bien venu pour l'arrêter ! Elle tenta de lutter contre le sentiment de panique qui l'envahissait…

— Je… je t'ai dit tout ce que je savais, Dylan, euh… Votre Altesse.

— En es-tu bien sûre ? insista-t-il en faisant un pas dans sa direction. Avant que tu ne partes, n'as-tu pas encore quelque chose à me dire ?

— L'Organisation a…

— Assez ! Il ne s'agit plus de ces gens. Ils sont tous sous les verrous, c'est de l'histoire ancienne. Non, Emily, il s'agit de toi… Et de moi !

A ces mots, elle leva les yeux vers lui.

Etait-il possible qu'il sache ?

Non, trancha-t-elle rapidement, impossible !

— Donc, il y a quelque chose que tu ne m'as pas dit, insista-t-il, je le vois dans tes yeux ! Emily, tu me dois la vérité.

— Oui, murmura-t-elle, tu as raison.

— Dis-moi ce que tu ressens réellement pour moi, chuchota-t-il à son tour en saisissant le menton d'Emily. Décris-moi tes véritables sentiments.

Etait-ce pour entendre cela qu'il était revenu ? Etait-ce véritablement pour cette raison ?

Soudain, l'espoir renaquit en son cœur, mais elle ne voulait pas trop y croire, par peur de souffrir trop fort si…

— J'ai… Je croyais que tu étais venu m'arrêter, lui dit-elle.

— T'arrêter ? fit-il en sourcillant. Je présume que je pourrais le faire si c'était la seule façon de t'empêcher de partir.

Sa gorge se noua d'émotion. Avait-elle bien saisi le sens de ses propos ?

— Que je parte ou que je reste, cela a-t-il vraiment de l'importance pour toi, Dylan ? demanda-t-elle avec une infinie douceur mêlée de tristesse.

— Oui, une importance énorme, répondit-il en caressant sa joue.

— Il est vrai que je m'apprêtais à partir… J'en avais la ferme intention. Mais quelques secondes avant que tu ne frappes à ma porte, j'ai déchiré mon billet et je l'ai jeté au feu.

— Pourquoi ?

Le regard rivé à celui de Dylan, Emily répondit d'un ton calme et résolu :

— Parce que je t'aime !

Elle lui avait déjà dit qu'elle l'aimait, la dernière fois qu'ils avaient fait l'amour, mais elle savait qu'il ne l'avait pas crue. Elle priait à présent pour que, cette fois, il la pense sincère.

Comme il restait muet, elle ajouta :

— Dylan, je comprends qu'il n'y ait pas de place pour moi dans ta vie. Seulement, si tu…

Ce fut alors qu'il l'attira à lui et captura sa bouche. Emily resta un instant sans comprendre… avant de nouer les bras autour de son cou et de s'abandonner à la passion de son baiser.

— Tu m'aimes ? murmura-t-il contre sa bouche.

— Je t'aime, assura-t-elle, soulagée de constater que Dylan souriait enfin.

Mue par le besoin urgent de mettre un peu de distance entre eux avant de lui confesser un ultime secret, elle se dégagea de son étreinte et ajouta :

— Et il y a autre chose que je…

— Emily, as-tu vu mon bonnet bleu ? J'étais certaine de l'avoir laissé sur le lit et je ne le trouve plus. Oh… !

Dès qu'elle vit Dylan, Olivia s'arrêta net et un grand sourire éclaira immédiatement son visage.

— Ça alors ! Quelle agréable surprise ! Comme je suis heureuse de vous revoir, jeune homme ! Emily, ma chère enfant, tu ne m'as jamais dit que tu connaissais…

Elle s'interrompit brusquement et, sourcillant, ajouta :

— Seigneur, je ne sais même pas votre nom, monsieur. Voilà qui est bien ingrat de ma part.

Perplexe, Emily regardait tour à tour Dylan et sa grand-mère…

— Vous vous connaissez ? finit-elle par demander.

— Bien sûr que nous nous connaissons ! répondit Olivia d'un ton jovial. Mais je t'ai déjà parlé de lui, ma chérie, c'est l'homme qui m'a sauvé la vie.

— Sauvé la vie ? répéta Emily dans un murmure, avant de tourner le regard vers Dylan : C'est donc *toi* le soldat qui a sauvé la vie de ma grand-mère ?

— A cause de moi, une balle lui a traversé l'épaule, précisa Olivia. Jeune homme, permettez-moi de vous remercier chaleureusement pour tout ce que vous avez fait pour moi et de vous prendre dans mes bras !

— Ce fut un honneur, madame Bridgewater, fit Dylan en étreignant affectueusement la vieille dame.

Toute pâle, Emily observait la scène, accusant le choc. Une balle dans l'épaule ? Mon Dieu, quelle horreur ! Il aurait pu…

— Dylan ! s'écria-t-elle alors. J'ignorais que tu avais été blessé.

A cet instant, elle fut prise d'un vertige et, si Dylan ne l'avait pas rattrapée à temps, elle serait tombée.

— Emily ! Ma chérie ! Es-tu encore malade ? Je vais chercher un linge mouillé d'eau froide.

176

Et, tandis qu'Olivia se précipitait hors de la pièce, Dylan posa son regard sur Emily qu'il tenait toujours dans ses bras. Elle était pâle, ses yeux reflétaient de l'angoisse.

— Quand je pense que tu aurais pu mourir…

— Je vais bien, Emily, c'était juste une égratignure. Mais dis-moi plutôt, ce genre de malaise t'arrive-t-il fréquemment ? A en croire ta grand-mère, ce n'est pas la première fois.

— Dylan, s'il te plaît…

— Non, réponds-moi ! Pourquoi es-tu malade ?

— Je ne suis pas malade. Simplement…

— Simplement quoi ? demanda-t-il, refrénant avec difficulté son impatience.

Lentement, elle releva les paupières et croisa le regard de Dylan avant de confesser :

— Je suis enceinte.

— Enceinte ? Tu veux dire que… que tu attends un enfant ?

— Oui, c'est bien ce que signifie *enceinte*, en général… S'il te plaît, repose-moi par terre, maintenant.

Sans écouter ses protestations, il la conduisit jusqu'au sofa où il la déposa délicatement. Il ne pouvait détacher les yeux de son beau visage, éprouvant quelque difficulté à recouvrer sa respiration. Son pouls battait violemment…

Un enfant.

*Son* enfant ?

— Il est de moi, n'est-ce pas ?

— Evidemment, chuchota Emily. Tu sais bien, qu'il n'y a eu personne avant toi. Ni après, ajouta-t-elle dans un triste sourire.

— Ton intention était donc de me cacher cet enfant ? demanda Dylan avec brusquerie.

— Je le reconnais, avoua-t-elle.

Elle se redressa pour s'asseoir.

— Je croyais que tu me détesterais toute ta vie, alors…

— Bon sang, Emily, je…

— S'il te plaît, écoute-moi, Dylan, implora-t-elle alors. J'étais convaincue que tu ne me pardonnerais pas. Je craignais que tu ne veuilles pas entendre parler de cet enfant.

— Je me moque de tes spéculations sur mes sentiments, dit-il en passant une main nerveuse dans ses cheveux. Tu n'a pas le droit de…

— Veux-tu bien me laisser finir ?

Ses joues commençaient à reprendre des couleurs tandis qu'elle poursuivait :

— Je t'ai dit que j'en avais eu l'intention, mais c'est tout. Au fond de moi, je savais que je ne pouvais pas te cacher que j'attendais un enfant de toi. Pourquoi crois-tu que j'ai déchiré et brûlé mon billet ? Peu importe ce qui s'est passé ou ce que tu ressens pour moi : c'est ton enfant. Tu as le droit de savoir, en effet, et de décider si tu veux faire partie de sa vie ou pas. Sache que jamais je n'exercerai la moindre pression sur toi, la décision t'appartient.

— J'ai retrouvé mon bonnet ! claironna Olivia en rentrant dans le salon.

Apercevant Emily, elle ajouta immédiatement :

— Oh, mon Dieu ! Le linge mouillé !

Elle fit alors demi-tour et disparut aussi rapidement qu'elle était apparue.

A cet instant, Dylan se leva, compta jusqu'à dix puis, faisant de nouveau face à Emily, il annonça :

— Nous allons nous marier.

— Non ! se récria-t-elle.

L'indignation se peignit sur le visage de Dylan.

— Que signifie ce refus ? Tu affirmes m'aimer, tu portes mon enfant : tu vas m'épouser. Je n'accepte pas cette rebuffade.

— Je ne veux pas que tu m'épouses *parce que* je suis enceinte.

— Pour l'amour du ciel, Emily ! s'écria-t-il, affligé.

Alors, portant la main à sa poche, il en retira un écrin noir et ajouta :

— Je m'y prends mal, sans doute… Ecoute, je… Je te demande de devenir ma femme parce que…

— Oui ?

— Je t'aime.

Sur ce, il s'agenouilla devant elle et lui tendit le petit écrin. Elle se figea devant le magnifique diamant qui étincelait sur le velours mauve.

— Tu m'aimes donc vraiment ? murmura-t-elle d'un ton rêveur.

— Oui. Depuis que mes yeux se sont posés sur toi. Dès cet instant, j'ai su que tu m'appartenais et que j'étais déjà à toi. Alors, je viens ici te demander si tu veux être ma femme et ma reine.

— Ta reine…, dit-elle en pâlissant légèrement. Je ne comprends pas…

— Mon père a abdiqué et c'est moi qui lui succède.

— Mais… Owen…

— Les tests ADN sont revenus du labo…, commença-t-il. Owen sera toujours mon frère de cœur, mais il n'est pas mon frère de sang.

— Donc, conclut Emily, Owen n'est pas ton jumeau !

Alors, Dylan expliqua :

— Mon jumeau est mort à la naissance. on lui a substitué un orphelin, Owen, né la nuit précédente. Ma mère a fait en sorte que cette histoire ne s'ébruite pas, afin de préserver la paix au palais. Seulement, elle savait aussi que mon oncle s'était essayé à nous échanger, moi et l'enfant qu'il croyait être mon jumeau, contre d'autres jumeaux, à la maternité.

Toujours secrètement, sans faire de scandale, elle a rétabli l'ordre des choses en nous reprenant, Owen et moi. Les autres jumeaux sont partis pour les Etats-Unis où ils ont été adoptés — leur mère avait accouché sous X. Mon oncle comptait tirer avantage de cette histoire ultérieurement en annonçant, en temps voulu, que les héritiers au trône n'étaient pas des Penwyck et que, par conséquent, le titre de roi lui revenait.

Epouvantée par ces horribles manigances, Emily s'écria :

— Mon Dieu, mais c'est affreux ! Et comment a réagi Owen ?

— Owen aura un poste important au sein du gouvernement de Penwyck, c'est un cœur noble qui s'est incliné sans difficulté devant cette nouvelle réalité. Il sait que la famille Penwyck l'aime et le considère comme l'un des siens.

— Et comment va la reine Marissa ? Quel terrible secret elle a porté durant toutes ces années !

— Ma mère n'a jamais été aussi heureuse ! Elle a l'intention de profiter du temps qui lui reste à vivre et de voyager. J'ai l'impression que c'est une seconde vie qui commence pour elle. Elle espère aussi avoir de nombreux petits-enfants dont elle aura tout le loisir de s'occuper.

Pressant la main d'Emily, il ajouta :

— Elle sera ravie d'apprendre qu'un troisième est en route.

— M'ont-ils pardonné ? demanda Emily avec inquiétude. Et toi, m'as-tu pardonné ?

— Il n'y a rien à pardonner, affirma-t-il, désireux d'effacer l'angoisse qui s'attardait dans les beaux yeux verts d'Emily. Tu as agi selon ta conscience, par amour pour ta grand-mère. Je l'ai compris, une fois ma colère retombée. D'ailleurs, sans ta coopération, nous aurions mis des années à démanteler l'Organisation.

— Tu as été blessé, tu aurais pu mourir par ma faute.

— J'ai combattu pour mon pays, pour l'honneur de ma famille. C'est maintenant que je me bats pour toi, Emily. S'il te plaît, reviens à Penwyck avec moi...

Il sortit alors la bague de l'écrin et la lui passa au doigt. Les larmes d'Emily roulèrent sur leurs mains jointes...

— Je t'aime, lui dit-il en effleurant ses lèvres. Epouse-moi.

— Et voici le linge mouillé ! annonça alors triomphalement Olivia. Oh, mon Dieu !

Elle venait de découvrir Dylan agenouillé devant Emily !

Se relevant, ce dernier se tourna vers elle et déclara :

— Madame Bridgewater, je vous demande la main de votre petite-fille.

— Eh bien, on peut dire que vous êtes rapide à vous décider, jeune homme !

— On peut le dire, oui, madame.

— Qu'en dis-tu, ma chérie ? Veux-tu épouser ce garçon ?

— Oui, grand-mère, je le veux.

A cet instant, Olivia releva fièrement le menton et, avec un petit air de supériorité, décréta à l'adresse de Dylan :

— Vous comprendrez que je ne peux accorder la main de ma petite-fille au premier venu. Pourrez-vous lui assurer un peu de confort matériel ?

— Je le crois, madame, répondit Dylan en souriant à Olivia.

Avant de regarder Emily, qui arborait elle-même un immense sourire.

— Je crois que ce sera dans mes moyens.

*
* *

Trois mois plus tard, les cloches du palais de Penwyck sonnaient à tout-va à travers la ville, résonnant jusque dans les montagnes et au-dessus de l'océan. Une brise chaude annonçait le printemps et charriait dans son sillage des fragrances de roses, de lilas et de jasmin. Une débauche de fleurs envahissait le palais. Dans la grande salle de réception, le bleu royal dominait toutes les autres couleurs. Du tulle blanc s'enroulait autour de chaque colonne.

L'air matinal vibrait déjà des deux événements qui allaient marquer cette journée et l'histoire de Penwyck : un mariage et un couronnement. La double cérémonie serait retransmise en direct à la télévision et commentée par de nombreuses chaînes..

Vingt trompettes résonnèrent soudain et le plus grand silence se fit dans la salle de réception — et sur toute l'île !

— Sa Majesté le roi Morgan Penwyck et Sa Majesté la reine Marissa Penwyck, annonça un page.

Drapé dans une tunique royale, et couronné, le roi s'avança, la reine Marissa à son bras. Vêtue pour sa part d'une robe de soie orange toute brodée de perles, elle fit grande impression sur l'assistance. Les femmes murmurèrent d'admiration tandis que les hommes ne faisaient pas mystère de leur sentiment à son égard. Le couple royal marcha sur le long tapis rouge qui menait au trône.

La famille royale avait pris place au premier rang, devant quelque cinq cents invités.

De nouveau, les trompettes retentirent solennellement.

— Son Altesse royale, le prince Dylan Edward Penwyck !

Une rumeur courut dans l'assistance lorsque Dylan parut à son tour, en queue-de-pie rouge et or et pantalon noir. Il

approcha de ses parents devant lesquels il s'inclina respectueusement.

Le roi Morgan prit alors la parole.

— Il est de mon bon plaisir, de ma volonté et de mon devoir
de confier à mon fils Dylan, prince héritier de Penwyck, ma
couronne et mon royaume. Mon fils, je te fais roi de notre
île.

— Longue vie au roi ! s'écria l'assistance.

Les trompettes éclatèrent en même temps que les invités
applaudissaient à tout rompre. Le roi Morgan couronna Dylan,
puis posa la tunique royale sur ses épaules.

Aussitôt après, la marche nuptiale retentit et toutes les
têtes se tournèrent vers les grandes portes qui s'ouvraient
sur la salle. Dylan sentit sa gorge se serrer d'émotion ; son
regard fixa avec intensité… Emily qui émergeait maintenant
dans un nuage blanc et vaporeux. Sa robe de soie, longue et
ajustée, lui allait parfaitement. Des mètres de dentelle lui
faisaient un merveilleux sillage. Des diamants ornaient son
cou, ses oreilles et retenaient ses cheveux.

A la main, elle portait un bouquet de roses blanches. Elle
s'avançait vers Dylan qui, le souffle court, regardait la femme
de sa vie glisser vers lui comme une apparition éthérée.

Toute l'assemblée était sous le charme et retenait des
larmes d'émotion.

Pour sa part, Emily ne quittait pas Dylan des yeux. C'était
pour elle le seul soutien, le seul moyen de ne pas trébucher
ou faire un faux pas. Son cœur était gonflé de l'amour qu'elle
ressentait pour son prince, son roi.

Arrivée à sa hauteur, elle s'inclina devant lui, ainsi que
l'exigeait le protocole.

A son tour, il s'inclina et lui offrit sa main.

Ils montèrent alors tous deux la volée de marches qui
menait à l'autel où les attendait un prêtre, devant lequel ils

échangèrent leurs vœux. Puis Dylan releva le voile de la mariée et lui passa l'anneau au doigt... avant de déposer sur ses lèvres un baiser léger comme une plume. A cet instant, Emily comprit qu'il l'aimait. Pour toujours.

Les trompettes ponctuèrent une nouvelle fois la cérémonie et la foule éclata en applaudissements et en vivats.

— Je t'aime, Votre Majesté, lui murmura Dylan à l'oreille, d'une voix langoureuse.

— Moi aussi, Votre Majesté, je t'aime, répliqua-t-elle sur le même ton.

Alors ils se tournèrent ensemble vers l'assemblée et firent un petit signe de la main.

Dylan et Emily, désormais mari et femme, roi et reine, descendirent les marches et, cette fois, Emily manqua de trébucher... Elle venait de sentir le premier mouvement de vie à l'intérieur de son ventre ! Elle ravala ses larmes de joie.

« Ce soir , pensa-t-elle, je le lui dirai... »

Nul doute qu'il en serait fou de joie.

Malgré elle, elle se mit à sourire d'un air songeur, oubliant soudain où elle était et qui elle était devenue. Elle ne voulait se rappeler qu'une chose : elle était avant tout une jeune femme simple et comblée qui venait d'épouser l'homme de ses rêves et allait lui donner des enfants.

## Le nouveau visage
## de la collection Or

◆

## AMOURS D'AUJOURD'HUI

Afin de mieux exprimer sa modernité et de vous séduire encore davantage, votre collection Or a changé de couverture et de nom depuis le 1er mars 1995.

Rassurez-vous, les romans, eux, ne changent pas, et vous pourrez retrouver dans la collection **Amours d'Aujourd'hui** tous vos auteurs préférés.

Comme chaque mois, en effet, vous y attendent des héros d'aujourd'hui, aux prises avec des passions fortes et des situations difficiles...

## COLLECTION
## AMOURS D'AUJOURD'HUI :
Quand l'amour guérit des blessures de la vie...

Chère lectrice,

Vous nous êtes fidèle depuis longtemps?
Vous venez de faire notre connaissance?

C'est pour votre plaisir que nous avons
imaginé un rendez-vous chaque mois
avec vos auteurs préférés, vos
AUTEURS VEDETTE dans les
collections Azur et Horizon.

Les AUTEURS VEDETTE vous
donneront rendez-vous pour de
nouveaux livres vedette.

Pour les reconnaître, cherchez
l'étoile ... Elle vous guidera!

Éditions Harlequin

HARLEQUIN

*LE FORUM DES LECTEURS ET LECTRICES*

CHERS(ES) LECTEURS ET LECTRICES,

VOUS NOUS ETES FIDÈLES DEPUIS LONGTEMPS?

VOUS VENEZ DE FAIRE NOTRE CONNAISSANCE?

SI VOUS AVEZ DES COMMENTAIRES, DES CRITIQUES À
FORMULER, DES SUGGESTIONS À OFFRIR, N'HÉSITEZ
PAS… ÉCRIVEZ-NOUS À:
      LES ENTERPRISES HARLEQUIN LTÉE.
      498 RUE ODILE
      FABREVILLE, LAVAL, QUÉBEC.
      H7R 5X1

C'EST AVEC VOS PRÉCIEUX COMMENTAIRES QUE NOUS
ALLONS POUVOIR MIEUX VOUS SERVIR.

DE PLUS, SI VOUS DÉSIREZ RECEVOIR UNE OU
PLUSIEURS DE VOS SÉRIES HARLEQUIN PRÉFÉRÉE(S)
À VOTRE DOMICILE, NE TARDEZ PAS À CONTACTER LE
SERVICE D'ABONNEMENT; EN APPELANT AU
(514) 875-4444 (RÉGION DE MONTRÉAL) OU 1-800-667-4444
(EXTÉRIEUR DE MONTRÉAL) OU TÉLÉCOPIEUR
(514) 523-4444 OU COURRIER ELECTRONIQUE:
AQCOURRIER@ABONNEMENT.QC.CA OU EN ÉCRIVANT À:
      ABONNEMENT QUÉBEC
      525 RUE LOUIS-PASTEUR
      BOUCHERVILLE, QUÉBEC
      J4B 8E7

MERCI, À L'AVANCE, DE VOTRE COOPÉRATION.

BONNE LECTURE.

HARLEQUIN.

*VOTRE PASSEPORT POUR LE MONDE DE L'AMOUR.*

# COLLECTION HORIZON

Des histoires d'amour romantiques qui vous mènent au bout du monde!

Découvrez la passion et les vives émotions qu'apportent à la Collection Horizon des auteurs de renommée internationale!

Captivantes, voire irrésistibles, ces histoires d'amour vous iront assurément droit au coeur.

Surveillez nos trois nouveaux titres chaque mois!

GEN-H-R

♉ ♊ ♋ ♌ ♐

**♑ L'ASTROLOGIE EN DIRECT ♒**
**TOUT AU LONG**
**DE L'ANNÉE.**

(France métropolitaine uniquement)
**Par téléphone 08.92.68.41.01**
0,34 € la minute (Serveur SCESI).

Composé et édité par les
*éditions*Harlequin
Achevé d'imprimer en juillet 2004

**BUSSIÈRE**

GROUPE CPI

à Saint-Amand-Montrond (Cher)
Dépôt légal : août 2004
N° d'imprimeur : 43312 — N° d'éditeur : 10696

*Imprimé en France*